Annie West

PROPOSTA PERIGOSA

Tradução
Rafael Bonaldi

HARLEQUIN®

2017

Título original: THE FLAW IN RAFFAELE'S REVENGE

Originalmente publicado 2016 por Mills & Boon Modern Romance

Publisher: Omar de Souza
Editora: Juliana Nóvoa
Assistente editorial: Tábata Mendes

Arte-final de capa:
Isabelle Paiva

Editoração Eletrônica:
ABREU'S SYSTEM

Impressão:
RR DONNELLEY
www.rrdonnelley.com.br

Distribuição para bancas de jornais e revistas de todo o Brasil:
Dinap Ltda. – Distribuidora Nacional de Publicações
Rua Dr. Kenkiti Shimomoto, nº 1678
CEP 06045-390 – Osasco – SP

Editora HR Ltda.
Rua da Quitanda, 86, sala 218 – Centro – 20091-005
Rio de Janeiro – RJ – Brasil
Tel.: (21) 3175-1030

Contato:
virginia.rivera@harlequinbooks.com.br

– É disso que você tem medo?

Raffa se aproximou e, inclinando a cabeça, seus lábios roçaram nos dela. Eram lábios perfeitamente esculpidos, com gosto do Paraíso. Ele então deslizou a língua pela linha entre os lábios de Lily.

– Não tenho medo – mentiu ela.

Estava aterrorizada. Exultante. Empolgada. Curiosa.

Lily colocou a mão sobre o peitoral musculoso dele. Em sua palma, batia uma pulsação que parecia vagarosa se comparada com a sua. Ele era real. Não um amante fantasma dos sonhos dela.

– Lily. – A voz dele era tão grave que ela a sentiu reverberando na barriga. Raffa colocou a mão sobre a dela, em seu peito.

– Isso é um erro.

Ela deu um passo para trás, mas ele a seguiu. Arrepios desceram pelas pernas dela até o ponto entre as coxas, onde uma pulsação completamente diferente acontecia, rápida e sedenta.

– Admita, Lily. Parece *certo*.

Querida leitora,

Com o rosto marcado por cicatrizes, Lily Nolan passou metade de sua vida sendo julgada pela aparência. Por isso, trabalhar de casa foi a solução perfeita. Assim, ficaria longe dos comentários maldosos e dos olhares de pena. Porém, quando o poderoso Raffaele Petri a faz uma proposta irrecusável, ela aceita se mudar para Nova York. Raffa só estava interessado em uma coisa: vingança! E Lily era a peça que faltava para colocar seu plano em ação. Contudo, ele não esperava sentir-se tão atraído pela bela Lily...

Boa leitura!
Equipe Editorial Harlequin Books

PRÓLOGO

Raffaele Petri guardou o cartão de crédito no bolso e deixou o restaurante em frente ao mar. Ignorando os olhares, agradeceu ao garçom com um meneio de cabeça. O serviço tinha sido excelente, atencioso sem ser adulador, e a gorjeta, merecida.

Raffaele não tinha se esquecido de como era depender da boa vontade de estrangeiros ricos.

Ele parou, seus olhos se ajustando ao brilho do sol. A espuma do mar cintilava ao explodir contra os iates impecavelmente brancos. O cheiro do sal era forte no ar, e ele respirou fundo, saboreando-o depois de ter aguentado o perfume excessivo da mulher que tentara chamar sua atenção na mesa ao lado.

Passou por lanchas e iates imensos. O porto de Marmaris estava repleto de exemplos ostensivos do melhor que o dinheiro pode comprar. O lugar ideal para investir, se suas pesquisas estivessem certas... E elas sempre estavam. A vinda à Turquia estava se mostrando lucrativa e...

Uma gargalhada congelou seus passos. O som grave e distinto ecoou dentro dele.

Raffaele inspirou com o ímpeto de uma vela se abrindo sob o vento forte. A risada retumbou novamente, chamando sua atenção para um avultante iate, de vários andares. A luz do sol dava um brilho polido aos cabelos acastanhados do homem inclinado sobre o corrimão do deque superior, que ajudava duas mulheres na calçada.

O chão sob os pés de Raffaele pareceu oscilar, espelhando o revirar de seu estômago. Ele cerrou os punhos ao olhar para o homem corado que agitava uma taça de champanhe para as mulheres.

– Subam. O espumante está no gelo.

Raffaele conhecia aquela voz.

Mesmo depois de vinte e um anos, ele a reconhecia.

Aquele tom desdenhoso e a risada rouca se esgueiravam pelos pesadelos dele desde os 12 anos.

Ele havia desistido de encontrá-lo. Jamais descobrira o nome do vilão asqueroso, que desaparecera de Gênova mais rápido que um rato em fuga. Ninguém nunca dera ouvidos ao magricela de 12 anos que insistia que um estrangeiro com cabelos da cor de *castagne* era o culpado pela morte de Gabriella.

Gabriella.

A fúria incendiou-se com a força de uma vingança frustrada, do ódio e do luto.

A explosão de emoções o surpreendeu.

Ele havia passado a vida aperfeiçoando a arte de não sentir, de não ligar para ninguém, de não confiar, desde Gabriella. Mas agora... Precisou de todas as forças para ficar parado e estudar a cena.

Com precisão, catalogou tudo, desde as feições do sujeito, já não tão firmes devido à idade e aos excessos, até o nome do barco e o fato de os empregados dele, impecáveis em shorts e camisas, falarem inglês como só os falantes nativos conseguem. Um deles se ofereceu para ajudar as mulheres a subirem a bordo.

Garotas, corrigiu Raffaele, não mulheres. Ambas loiras, ainda adolescentes, embora uma delas estivesse produzida para parecer dez anos mais velha. Raffa era especialista em maquiagem e mulheres.

Os gostos do inglês não tinham mudado. Ele ainda gostava de jovens e loiras.

A bile subiu pela garganta de Raffa, e seu coração batia desesperado pela necessidade de subir a bordo e fazer justiça por Gabriella com os próprios punhos. Não havia dúvidas de que aquele era o mesmo cara.

Porém, Raffa não era mais um jovem impulsivo e aflito.

Agora ele tinha o poder de fazer mais do que espancar o sujeito. Esse pensamento, por si só, conseguia detê-lo. Mesmo assim, era uma batalha conter a necessidade de vingar-se ali mesmo.

– *Ciao, bella.* – Ele caminhou adiante, curvando os lábios em um meio sorriso que as câmeras e milhões de mulheres ao redor do mundo amavam. Nem por um segundo ergueu o olhar para o homem de meia-idade acima.

– Lucy... – A mais alta cutucou a amiga. – Rápido. Vire-se. Ele se parece com... Não pode ser... É ele?

Dois pares de olhos se arregalaram quando ele se aproximou. Suspiros duplos de animação. A mulher que havia falado abriu um grande sorriso, enquanto a companheira o encarava, maravilhada.

Raffa estava acostumado a lidar com fãs apaixonadas. Mas, em vez de acenar com a cabeça antes de continuar, ele elevou a potência do sorriso, em um convite que jamais havia falhado.

A mais alta aproximou-se, trazendo a amiga junto, o barco e seu dono obliterados. Elas nem ao menos piscaram quando o homem lá em cima gritou instruções enérgicas para que subissem.

– Você é igualzinho a Raffaele Petri. As pessoas devem dizer isso o tempo todo. – A voz dela era deslumbrada e jovem. Jovem demais para o homem do barco. Ou para Raffa. A diferença era que, com ele, ela estaria segura.

– É porque eu *sou* Raffaele Petri.

As duas arfaram ao mesmo tempo. A menor parecia estar prestes a desmaiar.

– Você está bem?

Ela assentiu, os olhos arregalados, enquanto a outra sacava o celular.

– Você se importa?

– Claro que não. – O mundo estava cheio de fotos amadoras dele. – Eu estava indo tomar um café. – Apontou para uma rua que se afastava da enseada. – Gostariam de vir comigo?

As garotas estavam tão ocupadas tagarelando enquanto andavam que só Raffa ouviu os gritos abusivos do inglês. Ele havia sido privado da diversão da tarde.

Logo ele será privado de tudo o que importa para ele.

O inglês não iria escapar de novo. A justiça seria doce.

Desta vez, o sorriso de Raffa foi genuíno.

CAPÍTULO 1

– PARE DE brincar comigo, Pete. – Lily reclinou-se na escrivaninha e trocou o telefone de mão. – O dia foi longo. Você pode estar acordando aí em Nova York, mas já é hora de ir para a cama aqui na Austrália.

Olhando para a janela, ela viu o reflexo do escritório. A casa ficava muito longe da cidade para ela poder ver os postes de eletricidade, e as estrelas só ficavam visíveis se ela desligasse a luz. Ela massageou o pescoço teso. Terminar aquele projeto dentro do prazo e dos próprios padrões altos era uma tarefa árdua.

– Sem brincadeiras. – A voz geralmente tranquila de Pete, com o sotaque canadense, soava animada. – O chefe quer você aqui, e ele nunca faz brincadeiras com o trabalho.

Lily endireitou-se na cadeira, a pulsação disparando.

– Está falando sério?

– Com certeza. E, o que o chefe quer, ele faz questão de conseguir. Você sabe disso.

– Só que Raffaele Petri não é meu chefe. – Até mesmo dizer o nome dele em voz alta era ridículo. O que ela, a simples Lily Nolan, morando em uma fazenda xexelenta a uma hora de Sydney, teria em comum com Raffaele Petri? – Ele nem sabe que eu existo.

Petri habitava um plano estelar com o qual mortais ordinários só sonhavam ou liam a respeito em revistas de fofocas, enquanto ela...

Lily baixou a mão que havia levado até a bochecha. Ela odiava o velho tique nervoso.

– Claro que sabe. Por que você acha que recebeu tanto trabalho de nós? Ele ficou impressionado com seu relatório do acordo no Taiti e pediu que você estivesse em todos os outros seguintes.

Lily piscou. Ela nunca tinha imaginado o *signor* Petri em pessoa lendo seus relatórios de pesquisa. Presumia que ele gastava seu tempo com outras coisas, como, por exemplo, desfrutando dos locais mais luxuosos e bacantes do mundo.

– Isso é fantástico, Pete. Não consigo dizer o quanto estou satisfeita. – Apesar do recente sucesso, o empréstimo que ela havia feito para comprar aquela casa e expandir os negócios não a deixava dormir à noite. Mas, depois de anos sentindo-se deslocada, acabou se deixando levar pela necessidade de estabelecer seu próprio lugar no mundo, algo que *ela* tivesse alcançado e de que pudesse sentir orgulho. Mesmo que isso significasse mudar-se para o outro lado do continente, para longe de sua família. Ela precisava dar uma guinada na vida.

Os músculos tensos dela relaxaram. Se o *signor* Petri tinha pessoalmente comentado sobre seu trabalho...

– Excelente. Você encontrará o contrato na sua caixa de entrada. Será ótimo finalmente dar um rosto à sua voz, quando você vier trabalhar aqui.

– Nossa. Espere aí. – Lily levantou-se. – Eu quis dizer que estou feliz por ter meu trabalho validado. Só isso. – Ela zelava pela excelência de seu trabalho e sabia que seus serviços eram de primeira. Era reconfortante receber tal confirmação do seu cliente mais influente, especialmente agora, com a hipoteca.

– Você *não* quer aceitar a oferta do chefe para trabalhar aqui? – O tom velado de Pete fazia parecer que ela havia recusado a única esperança da humanidade para encontrar a cura do câncer.

– Isso mesmo. – A ideia de morar em uma cidade, cercada por milhões de pessoas, sendo vista por estranhos todos os dias, fez sua pele se eriçar como se estivesse com urticária. Ela evitava dirigir até a cidadezinha mais próxima sempre que possível, optando por mandar entregar suas compras. Trabalhar em Nova York, encarando constantemente olhares curiosos, seria um pesadelo. Uma coisa era confiar em seu trabalho e em seu valor, outra coisa era estar sob o foco do escrutínio público constantemente.

– Você só pode estar brincando. Quem não iria querer trabalhar para Raffaele Petri?

Lily passou os dedos pelos longos cabelos, afastando-os do rosto.

– Eu já trabalho para ele, quase sempre. – Seu contrato de prestação de serviços para a empresa era tão lucrativo que tinha tornado possível a imensa hipoteca. O prestígio do nome dele havia convencido até o mais cauteloso dos agentes de crédito. – Mas eu sou minha própria chefe. Por que eu iria querer mudar isso?

A independência, a habilidade de *controlar* a própria vida significava tudo para ela. Talvez porque seu mundo havia sido impactado irrevogavelmente por um único acontecimento sem sentido, que a privara de muita coisa.

Um momento de silêncio deixou claro como a atitude dela estava sendo estranha.

– Vejamos. Os benefícios, para começo de conversa. Trabalhe para ele e depois você poderá ter o emprego que quiser. Ele só contrata os melhores. Há também o salário. Leia o contrato antes de rejeitá-lo, Lily. Chances como essa simplesmente não aparecem do nada.

O tom dele era urgente. Mas Lily sabia o que era melhor para si.

– Obrigada pelo interesse, Pete. Fico lisonjeada, de verdade. Mas não será possível.

Ela passou a mão pelos cabelos novamente, imaginando, por um milissegundo, as oportunidades que teria tido se sua vida tivesse sido diferente. Se *ela* fosse diferente.

Lily baixou a mão, desgostosa consigo mesma. Ela não podia mudar o passado. Tudo o que ela queria, tudo a que ela aspirava estava dentro de seu alcance. Tudo o que precisava fazer era trabalhar duro para alcançar seus objetivos. Era *isso* o que ela queria. E não se acotovelar em transportes públicos ou ser uma engrenagem em uma corporação. Ou passar a vida desejando conhecer lugares que jamais visitaria.

– Lily, pense melhor na proposta.

– Eu já pensei, Pete, mas minha resposta é não. Estou feliz aqui.

De início ela achou que o barulho fosse do coro da manhã. Todos os dias, pega-rabudas e cacatuas saudavam a alvorada. Mas aquele som era muito monótono e persistente. Resmungando, Lily abriu os olhos. Ainda era noite.

Com o pulso acelerado, tateou em busca do telefone. Ninguém ligava àquela hora se não se tratasse de uma emergência.

– Alô? – Ela se sentou custosamente, colocando o travesseiro nas costas.

– Senhorita Lily Nolan?

Sua pulsação acelerada deu um salto. A voz masculina grave era estrangeira, rica e encorpada como um café expresso.

Ligou a luminária sobre o criado-mudo e olhou para o relógio. Faltavam alguns minutos para a meia-noite. Não era à toa que se sentia grogue; havia dormido apenas meia hora.

– Quem fala?

– Raffaele Petri.

Raffaele Petri!

Para os sentidos entorpecidos de Lily, aquela voz era pura sedução. Ela franziu o cenho e fechou o botão da camisa de dormir. Vozes masculinas não a afetavam desse jeito. Mas quantas soavam como aquela, porém?

– Você está aí?

– Claro que estou. É que eu estava dormindo.

– *Mi dispiace.* Desculpe.

Ele não soava arrependido. Ele soava...

Lily balançou a cabeça. Aquele *era* Raffaele Petri, então o assunto era negócios. Não podia se dar ao luxo de reparar como a voz dele era potente. Mesmo com os hormônios dançando ao som daquele sotaque delicioso.

– *Signor* Petri... – Passou a mão pelo rosto, sentando-se melhor na cama. – O que posso fazer pelo senhor?

– Assine o contrato e venha para cá *subito.*

Lily engoliu a resposta instintiva. A única coisa que ela iria fazer *subito*, imediatamente, era voltar a dormir.

– Isso é impossível.

– Besteira. É a única atitude sensata.

Lily respirou fundo, permitindo que o ar fresco da noite preenchesse seus pulmões enquanto buscava se acalmar. Ele não era apenas um cliente – era o cliente mais importante dela.

– Você me ouviu?

– Sim.

– Que bom. Quando você comprar sua passagem, envie os detalhes para meu assistente. Ele providenciará que alguém a busque no aeroporto.

Devia ser assim que os príncipes italianos da Renascença falavam. Como se cada palavra que pronunciassem fosse a lei. Como seria ter a certeza de sempre conseguir o que se quer?

– Obrigada, mas eu não vou entrar em contato com Pete. – Ela limpou a garganta, sua voz ainda rouca de sono. – Estou muito lisonjeada por sua proposta, *signor* Petri, mas prefiro trabalhar para mim mesma.

– Você está me recusando? – O tom suave eriçou os pelos da nuca dela.

Alguém já tinha negado algum desejo de Raffaele Petri?

O coração de Lily disparou. Ela estava correndo perigo.

Considerado um dos homens mais lindos do mundo, ele havia se tornado a personificação de cabelos dourados e rosto escandalosamente lindo do estilo chique casual que os homens ao redor do globo desejavam emular. Sem dúvida, as mulheres disseram sim para ele a vida toda.

Mas ele tinha mais do que beleza. Depois de deixar a carreira de modelo, desafiou os críticos e provou ser um sucesso estrondoso nos negócios. Rico e poderoso, Raffaele Petri estava claramente acostumado à obediência instantânea.

– Estou muito lisonjeada pela proposta...

– Mas? – O ronronar da incitação não disfarçava sua irritação.

Lily inspirou lentamente.

– Infelizmente não estou em posição de aceitar.

Silêncio. Longo o suficiente para ela se perguntar se havia dado um tiro no pé. O medo a atravessou. Ela precisava do trabalho que a empresa enviava.

– O que precisaria mudar para você estar em posição de aceitar?

Maldição. Por que ele não podia simplesmente aceitar o não?

– Posso perguntar por que você me quer? – Por um nanossegundo, o calor tomou conta do seu corpo, por causa do duplo sentido não intencional de suas palavras. Mas a ideia de Raffaele Petri desejá-la por algo além do trabalho era tão inacreditável que rapidamente desapareceu. – Disseram-me que o senhor está contente com minha pesquisa e nosso atual acordo.

– Se eu estivesse insatisfeito com seu trabalho, eu não lhe ofereceria um emprego, senhorita Nolan. – A fala entrecortada dele a deixou ainda mais tensa. – Quero você na minha equipe porque você é a melhor no que faz. Simples assim.

O calor a sufocando desta vez era de gratificação.

– Obrigada, *signor* Petri. – Ela adoraria pedir uma carta de referência a ele, mas o silêncio pulsante lhe dizia que aquele não era o momento. – Saiba que eu continuarei oferecendo o melhor serviço possível.

– Isso não é o bastante.

– Desculpe, como? – O que mais ele podia querer?

– Estou iniciando um projeto significativo. – Ele fez uma pausa. – Preciso de uma equipe à disposição e unida pela mais absoluta confidencialidade.

– Espero que o senhor não esteja sugerindo que posso representar um risco à segurança. Cada contrato que assino é honrado na mais estrita confidencialidade. – Ela jamais compartilhava detalhes de clientes sem permissão. Uma indicação dele no site dela seria uma ótima jogada.

Lily havia começado como pesquisadora para uma firma particular, mas os casos a desmotivaram. Ela encontrou seu nicho ao expandir os horizontes – de verificações de funcionários para análises de negócios e tendências comerciais. Ultimamente ela focava mais a viabilidade de novos empreendimentos ou aquisições.

Era aí que Raffaele Petri entrava. O sujeito era como um tubarão que conseguia sentir o cheiro de sangue muito antes de seus concorrentes. Toda vez que investigava um negócio para ele, Lily descobria vulnerabilidades e problemas. A mágica vinha depois da aquisição: ele sabia transformar tais negócios em alguns dos mais bem-sucedidos da indústria do lazer; de um resort luxuoso no Taiti a uma marina e uma empresa de iates na Turquia.

– Se eu duvidasse da sua habilidade de guardar segredos, não a teria contratado.

Lily expirou, aliviada.

– Mas – acrescentou ele – não posso correr riscos. Essa equipe será composta pelos melhores dos melhores. E ela atuará em Nova York. Preciso de você aqui.

O orgulho dela dobrou de tamanho. Lily jamais havia sido *requisitada*. Jamais havia se destacado. Beleza, notas escolares, esportes – ela sempre fora comum, avessa aos holofotes, até que...

Lily balançou a cabeça, enojada consigo mesma por causa da velha carência. Era um resquício da adolescência, quando ela achava que ninguém gostava dela de verdade, que para a família ela era apenas um fardo. E, para os amigos, um embaraço, um lembrete constante de um desastre que eles preferiam esquecer. Odiava saber que era incluída na turma por dever, e não porque seus colegas gostavam de sua presença.

As palavras dele a deixaram com vontade de dizer *"Sim, claro, estarei em Nova York amanhã"*.

Imagine explorar a Grande Maçã. Imagine...

Engoliu em seco. Não era possível. Enfrentar os olhares curiosos de todos aqueles estranhos, suportá-los encarando-a com fascínio ou se afastando com aversão. Ela não iria se sujeitar mais a isso.

– Estou acostumada a trabalhar com sua equipe a distância. Tenho certeza de que...

– Esse projeto não será conduzido dessa forma, senhorita Nolan. – As palavras dele eram como pequenos dardos atingindo a pele dela. – Não tolerarei falhas dessa vez.

Lily abriu a boca para dizer que, se o projeto falhasse, não seria culpa dela.

– Sim, senhorita Nolan? Você dizia?

– Sinto muito não poder atendê-lo, *signor* Petri.

– Eu dobrarei o salário. E o bônus final.

Os olhos de Lily se arregalaram. Ela ficou tão curiosa que precisou dar uma olhada no contrato, e o salário era assombroso. Era mais do que ela ganhava em dois anos. A ideia de receber a renda de quatro anos de uma só vez era tentadora. Resolveria todas as preocupações financeiras dela...

– Mudando de ideia, senhorita Nolan? Foi o que pensei. – A voz agora era presunçosa, o que a deixou com vontade de demonstrar sua irritação. Por ele pensar que ela poderia ser comprada? Ou consigo mesma, por sentir-se tentada apesar de saber que não era possível?

Parte dela ainda ansiava por aventura, viagens, agitação. Mas ela precisou deixar esses sonhos de lado quando sua vida descarrilara, aos 14 anos. Da vida de Lily foram roubadas sua melhor amiga, a despreocupação da juventude, a vida "normal". Ela fora privada inclusive de coisas comuns para todo mundo, como flertar com garotos e namorar.

Lily balançou a cabeça, sentindo as lágrimas se aproximarem. Que maldição aquele sujeito, despertando desejos que há muito ela havia deixado para trás!

Amava seu lar, e tinha orgulho de ter economizado o bastante para comprá-lo. Mas era mais do que isso. Lily *precisava* da segurança e da paz que o lugar oferecia, da sensação de refúgio.

– Não, *signor* Petri. Esse foi um som de surpresa, e não de conformidade.

– Interessante, senhorita Nolan. A maioria das pessoas agarraria essa oportunidade sem pestanejar. Mas por que não você? Família, é isso? Você tem marido e filhos, talvez?

– Não! Eu não... – Lily comprimiu os lábios antes que revelasse mais coisas. Instintivamente, ela sentia-se mais segura mantendo a vida pessoal longe do escrutínio daquele homem.

– Sem família? Achei mesmo que você soava muito jovem para ter uma.

Lily arqueou as sobrancelhas. Aos 28 anos, ela não era tão jovem assim. Ou ele estava sugerindo que ela não soava profissional?

Ou talvez ele esteja apenas jogando com você. Aquele homem estava gostando de brincar com ela, como um gato encurralando um rato.

Como um valentão brandindo sua força superior.

Lily ergueu o queixo.

– Acho que os anos de vida se tornam importantes quando se chega a uma... *certa* idade.

Um som chegou até ela mesmo naquela longa distância. Um arfar irritadiço ou, talvez, uma risada sendo contida?

Ela não deveria ter dito isso. A referência velada à idade dele, cinco anos mais velho que ela, tinha sido indiscreta e possivelmente prejudicial. Mas ela também não era obrigada a nada.

– Felizmente ainda não entrei na idade senil, senhorita Nolan.

Não, ele não tinha entrado. Ela sempre via fotos dele em eventos glamorosos. Sempre de braços dados a uma mulher sofisticada, mas nunca com a mesma.

– Então, se você não tem família para segurá-la aí, deve ser um namorado. – A voz dele ficou arrastada, como melaço escorrendo pelas veias dela. Lily levou os joelhos até o peito, tentando conter a sensação enervante.

– Minha vida particular não é da sua conta, *signor* Petri. – Será que ele ouviu o vibrar enfurecido da voz dela?

– É sim, senhorita Nolan, quando ela fica entre mim e o que eu quero.

– Então é hora de você descobrir que não se pode ter tudo o que deseja. – As palavras jorraram. – Eu decido quando e onde presto meus serviços.

Lily passou a mão trêmula pelo rosto, seu peito arfando. As coisas estavam indo de mal a pior. A raiva e a ansiedade reviravam dentro do peito dela. E a autoaversão. Ela precisava se manter calma, e não ceder às provocações dele.

– Presumo que você normalmente não fala com seus clientes com essa voz sugestivamente sexy. – A voz dele era muito envolvente. – Isso lhes daria uma ideia errada dos serviços que você presta.

Lily quase derrubou o telefone.

Sugestivamente sexy?

Ele tinha que estar brincando! Ninguém jamais a havia chamado de sexy.

Claro que ele está brincando. Ele está jogando com você, procurando pontos fracos.

E encontrando-os!

Curiosamente, isso a acalmou.

– Tenho meus motivos para não poder trabalhar em Nova York, *signor* Petri, mas...

– Nomeie três.

– Como é que é?

– Quero saber por que você está rejeitando minha proposta. Vamos lá, três é um número razoável. – As palavras dispararam, rápidas e exigentes, e, antes de se dar conta, Lily estava respondendo.

– Não tenho passaporte, para começo de conversa. – Ela fez uma careta. Parecia uma caipira diante daquele homem que viajava mundo afora tão facilmente quanto ela viajava pela internet.

– Essa é uma. O que mais?

– Não tenho condições de alugar um apartamento em Nova York.

– Nem mesmo com o bônus que estou oferecendo?

– Tenho responsabilidades aqui. Todo o dinheiro que ganho vai para elas.

– E o terceiro? Qual o terceiro motivo?

Seria porque ela não conseguia suportar a ideia de trabalhar em um escritório com outras pessoas? Porque ela não iria passar por tudo isso novamente?

Porque ela preferia a solidão? Lily tinha uma vida boa e um plano de negócios empolgante, e nenhum magnata intimidador iria acabar com tudo isso por um capricho.

– Você não respondeu, senhorita Nolan, o que me faz pensar que não é um motivo tão importante assim. Ou que você não tem um.

A mais pura força de vontade impediu que Lily retrucasse.

– É um namorado?

– Você não tem o direito de me interrogar desse jeito.

– Tenho todo o direito, se há obstáculos para o meu projeto mais importante.

Apesar da arrogância monumental, Lily estava fascinada pela sagacidade profissional daquele homem, por sua habilidade de ver oportunidades antes de qualquer outra pessoa. Ela adoraria saber qual era o projeto secreto dele.

– Quer meu conselho? – Ela estava prestes a dizer "não", quando ele falou por ela. – Dê um pé nele. Encontre um homem que não vá obstruir uma oportunidade tão brilhante. Você tem talento de verdade.

Por um segundo, Lily ficou de boca aberta. Raffaele Petri era inacreditável. Se ela tivesse um namorado, jamais o deixaria por causa dos caprichos de um completo estranho arrogante.

– Não sabia que você era especialista em relacionamentos, *signor* Petri. Os seus não são famosos por serem curtos?

Lily arquejou quando ouviu as próprias palavras. Ela havia acabado de destruir suas chances com a empresa. Mas a atitude dele, porém, estava sendo ofensiva.

Uma gargalhada soou do outro lado da linha, transformando-se em um riso gostoso que a fez sentir coisas estranhas.

Um arrepio fervente a atravessou como se a mão quente de um homem, e não uma voz sem corpo, a estivesse acariciando. Ela engoliu em seco, horrorizada pela própria resposta instantânea.

Não era suficiente o homem parecer um deus grego? A voz dele tinha que ser irresistível, também? Lily levou a mão ao peito, tentando acalmar o coração.

Ela detestava valentões. Sua reação àquele homem estava sendo inexplicável.

Nem tanto assim. Lily era uma mulher jovem e saudável, com todos os desejos e necessidades da idade. Os hormônios dela não se importavam se ele era um santo ou o próprio diabo. Tudo o que sabiam era que haviam sido privados de qualquer tipo de excitação ou satisfação por tempo demais!

– Não ria de mim! – A voz dela era rascante.

No súbito silêncio, ela percebeu o que havia revelado. Ele sabia que a tinha atingido.

Raffaele Petri podia ser um valentão, mas também era esperto. O mundo todo sabia que ele vinha da periferia de alguma cidade grande italiana. Seu sucesso nos negócios era um milagre.

– E se eu estiver rindo de mim mesmo? Pelos meus defeitos estarem sendo finalmente apontados? – A voz dele tinha um tom diferente, mas ela não sabia dizer se era bom ou ruim. – Minha idade decrépita. Minha falta de comprometimento emocional. O que mais, eu me pergunto? – Ele fez uma pausa. – Você andou me investigando, senhorita Nolan?

Apesar da cadência rica da voz dele, Lily pôde perceber a ameaça por trás do leve ronronar.

– Não, *signor* Petri. Seus negócios, sim, antes de concordar em trabalhar para você. Mas sua vida pessoal... – Ela balançou a cabeça, chacoalhando os cabelos. – Não foi necessário.

– Porque os *paparazzi* fazem um trabalho muito bom ao retratar a vida dos outros, não é mesmo?

Lily franziu o cenho. Será que ela havia acertado um ponto delicado?

– O passaporte pode ser facilmente obtido. Meu pessoal vai cuidar disso. As acomodações serão providenciadas. Além disso, alterarei o contrato para incluir o aumento do salário e do bônus. – Ele fez uma pausa, o que foi bom, pois a cabeça dela estava girando. A mudança abrupta de assunto a deixou perdida. – Está bom o suficiente para você?

O silêncio que se seguiu veio carregado de expectativa. Ele estava esperando que ela concordasse para desligar e cuidar do próximo item de sua lista.

Exceto que Lily não era um problema para ser resolvido.

– Eu agradeço a oferta mais do que generosa – disse ela, sentindo os dedos suados no telefone. – Mas não vai dar certo. Fico feliz em fazer o que for possível daqui...

– Mas isso não vai funcionar para *mim*. – A voz dele fez um arrepio descer pelas costas dela.

Por dez segundos, houve silêncio. Por vinte. Mas Lily se recusava a ceder. O que ele estava pedindo era impossível, e ela era orgulhosa demais para lhe explicar o motivo.

– Você me deixou sem alternativa, senhorita Nolan. Nós teremos que encontrar outro chefe de pesquisa.

Lily reclinou-se sobre o travesseiro, tremendo enquanto a tensão de seu corpo começava a finalmente ceder.

– E minha empresa não a contratará mais.

Lily não conseguiu emitir um som de choque. O ar ficou preso entre os pulmões e a garganta quando seu corpo congelou. Pequenos pontos luminosos surgiram em seu campo de visão.

Sem os negócios dele, o dela estava acabado. Quatro meses atrás, sua reação teria sido diferente, mas não depois do empréstimo e da expansão. Se ela não conseguisse pagar as dívidas, iria perder tudo – seu trabalho e seu lar. Perderia a vida que havia construído com tanto custo.

– Você disse alguma coisa, senhorita Nolan?

Lily engoliu em seco, mas não conseguiu pensar em nada para dizer.

– Não vai demorar muito tempo até minha insatisfação com seu trabalho se espalhar por aí. Você ficaria surpresa como as notícias voam. Tenho contatos no mundo todo, de Melbourne a Mumbai, de Londres a Los Angeles.

Novamente a pausa letal, dando tempo para que ela processasse o cenário lúgubre que ele pintava. O nome dela estaria na lama para as empresas de grande porte, as internacionais em que ela estava de olho para expandir os negócios.

– Você vai se dar ao trabalho de difamar meu nome? – A voz dela era um fiapo de som, mas pelo menos estava firme. Diferente do resto do seu corpo, que tremia como se estivesse com febre.

– Vou fazer questão de mencioná-lo sempre que oportuno. – Em outras palavras, ele iria se deleitar em destruir a reputação dela.

O ódio intensificou-se, queimando-a por dentro. Ódio como ela só conhecera uma vez antes, pelo sujeito que alterara a sua vida em um instante – da despreocupação para uma série triste de tratamentos médicos. Ela levou a mão até o rosto.

Engolindo em seco, Lily refreou o tique nervoso girando desafiadoramente o punho. Ergueu o queixo com determinação, encarando seu reflexo na janela.

Raffaele Petri não sabia de uma coisa: ela era uma lutadora. Ela havia sobrevivido a coisas bem piores do que ele podia imaginar e emergira ainda mais forte.

Lily baixou a mão, alisando a colcha enquanto respirava fundo. Abriu a boca para falar, mas ele foi mais rápido.

– Claro que se você mudar de ideia...

A fúria a dominou. Ele sabia que ela não tinha escolha.

Parte do cérebro dela imaginou que a serpente no Jardim do Éden devia falar daquele mesmo jeito. Sem brusquidão, sem ameaça. Apenas um som suave e sedutor que a convidava a ir contra tudo o que ela conhecia e em que confiava. A mergulhar de cabeça, mesmo que isso fosse acabar em desastre.

– Você é tão previsível, *signor* Petri. – Ela pressionou o telefone contra o ouvido, mas não ouviu nenhuma resposta. – Um típico valentão, na verdade.

Ainda assim, nada. O silêncio dele a enfurecia, mas ela não lhe daria a satisfação de fazer uma cena. Olhou para a mão sobre o colo, fechada com tanta força que era difícil de abrir.

– Muito bem, *signor* Petri. Eu trabalharei para você. – Os pulmões dela arderam quando ela soltou o ar preso no peito. – Mas pode triplicar o salário original. E o bônus. Quero o contrato amanhã na minha caixa de entrada. Se for satisfatório, eu o assinarei. – Ela pausou, tentando controlar a respiração acelerada.

Para seu espanto, ele não discordou.

– Vejo você em Nova York, senhorita Nolan.

Não se eu o vir primeiro.

Ela poderia estar presa ao trabalho, mas sabia muito bem que não iria trabalhar ao lado dele na equipe. *Ele estará to-*

mando sol nas Bahamas ou esquiando na Suíça ou fazendo qualquer outra coisa que os ricos fazem quando não estão intimidando pessoas comuns. Ela sabia que, de alguma forma, iria lidar com a viagem e todas as pessoas. Iria realizar seu papel, pegar o dinheiro e voltar para construir seu futuro ali como havia planejado.

Ela iria se virar.

– Adeus, *signor* Petri.

– Adeus, não. *Arrivederci*, senhorita Nolan.

CAPÍTULO 2

RAFFA CHEGOU ao escritório depois de um café da manhã de negócios.

Do outro lado da sala enorme, viu uma figura desconhecida – cabelos longos, camisa larga, calças folgadas e sapatos baixos. As roupas definitivamente não eram femininas, mas o corpo por baixo dos trapos desfavoráveis era. A feminilidade estava na forma como ela se movia, apesar das costas e dos ombros rígidos.

Tinha que ser Lily Nolan. Só os escolhidos a dedo para a equipe dele tinham acesso à área.

Ela também estava tensa no telefone, na outra noite. Ultrajada e brava, ainda que aquela voz rouca de quem tinha acabado de acordar tivesse mexido com ele de uma forma que nenhuma mulher fazia há anos.

Ele franziu o cenho por causa da lembrança desagradável.

Raffa estreitou os olhos ao reparar no balanço rítmico dos cabelos dela nas costas esguias enquanto ela caminhava. Chegava quase até a cintura; não era loiro nem negro, mas simplesmente castanho. Um castanho tão comum e desinteressante que parecia até intencional, como se ela desprezasse o desejo da maioria das mulheres de melhorar a natureza com cores chamativas.

Ele entrou no escritório particular e sentou-se, convidando o assistente a fazer o mesmo. Pelas paredes de vidro, viu Lily Nolan conversando com alguém na porta da sala de conferências. A linguagem corporal dela irradiava estresse. Estava com o punho cerrado.

Será que ele tinha cometido um erro ao trazê-la? Ele a queria por causa de seus talentos e do profissionalismo. Sabia que ela se esforçaria para atender às demandas.

Porém, a obstinação dela naquela noite ao telefone, a forma como ela o desafiara como ninguém ousava desafiar, havia chamado sua atenção. Ele aceitara as condições absurdas de Lily porque a cada recusa dela ele ficava mais determinado a vencer.

A ideia de que ele agira por impulso vinha incomodando-o desde então. Ele jamais havia se permitido ser deixado de lado. Chegara aonde estava agarrando todas as oportunidades para construir sua fortuna e sucesso. Mesmo que algumas tivessem sido desagradáveis, foram necessárias. Ele nunca agia por impulsividade.

– Como a nossa mais nova integrante da equipe está se adaptando? Algum problema?

– Nenhum.

Era rubor o que ele via no rosto pueril de Pete? Raffa sentiu as sobrancelhas se juntarem. A mulher havia chegado há menos de um dia. Será que ela já tinha seduzido o assistente dele?

– Ela pegou o bonde andando. Ainda deve estar sofrendo por causa do fuso horário, mas já se familiarizou com o local. Agora está conhecendo o resto da equipe. – Pete indicou a sala de conferência com a cabeça, o olhar fixo.

Raffa percebeu que não era adoração o que ele via no rosto do assistente, mas algo que ele ainda não conseguia decifrar.

– Ela o deixa desconfortável?

O rosto de Pete ficou vermelho. Vergonha? Desejo?

– Claro que não. – As palavras saíram atropeladas, rápidas demais. – Ela é muito profissional.

Profissional. Um elogio um tanto frio, especialmente porque ele já havia ouvido Pete rindo com ela ao telefone.

– Mas? – Raffa lhe lançou um olhar severo. Sua política era acabar com os problemas no instante em que eles surgiam. Se aquela mulher atrapalhava o funcionamento harmonioso da equipe, ele iria tomar providências de imediato.

Pete deu de ombros.

– Sabe como é, quando você conhece alguém só a distância. Você cria uma imagem na cabeça. A realidade pode ser... diferente. – Ele apontou para o tablet. – Sobre o relatório do hotel havaiano. Vou ficar encarregado dele? Você mencionou uma inspeção surpresa para colocá-los na linha.

Raffa observou o assistente, lendo seu desconforto. Provavelmente era o que Pete tinha comentado – a realidade do primeiro encontro cara a cara. Mas Raffa nunca deixava as coisas ao acaso.

Planejava deixar a australiana rebelde sozinha hoje para começar o trabalho que ele estava pagando exorbitantemente caro para ela realizar. Era o que ele iria fazer – depois de dar uma conferida nela.

– ESTAMOS OCUPADOS finalizando outros projetos, mas, se precisar de qualquer coisa, é só perguntar. – Consuela Flores fez um aceno brusco com a cabeça e sorriu do outro lado da mesa de conferência. Lily afundou na cadeira, com um sorriso de gratidão no rosto.

Dentro do grupo com o qual ela estava trabalhando, a advogada de meia-idade mostrara-se a mais fácil de lidar.

A atitude austera, o terninho magenta, as pérolas caras e o cabelo rígido de laquê deixaram Lily apreensiva. Ali estava uma mulher imponente para quem aparência e desempenho eram importantes. Ainda assim, após um milissegundo de silêncio ao se conhecerem, a senhorita Flores tratou Lily como qualquer outro membro da equipe.

Lily sentiu vontade de abraçá-la por isso.

Aquela manhã tinha sido difícil, tão difícil quanto ela havia temido. Suas mãos estavam suadas, o peito, pesado, e o pulso, rápido demais. Forçar-se a entrar no escritório fora uma grande provação para seus nervos já abalados por causa da viagem.

– Obrigada. Por ora, suspeito que não precisarei de conselhos legais. Tenho muito o que fazer ainda.

Consuela assentiu.

– Estou feliz por você estar aqui. Seus relatórios sobre o acordo na Turquia tornaram nosso trabalho muito mais fácil. Não há nada como entrar em uma negociação bem preparada, sem surpresas desagradáveis. Agora que você está aqui, poderemos nos comunicar sempre que preciso.

O sorriso de Lily aumentou, e o aperto no peito diminuiu.

O fato de saber que estava apta para o trabalho, mais do que preparada, foi o que a fez atravessar o Pacífico, os Estados Unidos e entrar naquele prédio, quando tudo o que ela queria fazer era trancar-se dentro de casa.

Ela podia dar conta do recado, não importava o quanto se sentisse terrivelmente fora de sua zona de conforto.

Não, não iria apenas fazer seu trabalho. Ela iria se destacar! O trabalho significava tudo para ela. Era a única coisa no mundo da qual Lily tinha controle total, a mais completa confiança.

O que a deixava ainda mais enfurecida por estar nauseada de tão nervosa. Entrar naquele escritório tinha sido a coisa mais difícil que Lily havia feito em anos.

Viu só o que acontece quando você passa o tempo todo escondida?

Quem tem um problema é você, e não eles.

Lily calou a voz na mente. Não tinha tempo para duvidar de si mesma.

– Estou ansiosa para trabalhar com você, também, Consuela.

Olhou para todas as pessoas na mesa. A mulher das finanças, de óculos retrô, virou a cabeça rapidamente, como se estivesse observando a advogada, não Lily. Mas foi lenta demais. Além disso, o torcer aflito dos lábios, como se estivesse contrariada, a entregou.

Do outro lado da mesa, o responsável pelas aquisições corou quando Lily se voltou para ele. Como Pete, assistente pessoal de Raffaele Petri, ele ficava envergonhado de olhar para ela. Ao lado dele, o senhor responsável pelo gerenciamento de sistemas nem ao menos tentou, optando por simplesmente se focar em um ponto além dela.

Lily endireitou-se na cadeira, determinada a não se deixar intimidar. Porém, isso não deteve a sensação de enjoo ou as lembranças de suas incursões prévias em um escritório. Uma mais desastrosa que a outra. Por fim, ela desistira de tentar e decidira trabalhar da clausura do lar.

Os dedos da mão direita chegavam a se contorcer, mas ela suprimiu a vontade de levar a mão ao rosto. Levara anos para se curar do hábito, e não estava disposta a começar tudo outra vez. Independentemente do quanto se sentisse exposta diante daqueles estranhos.

– Obrigada por me receberem no meu primeiro dia. Estou ansiosa para trabalhar com vocês.

Mentirosa!

– Eu tenho uma pergunta. – Lily olhou para Consuela. – Nós somos responsáveis por diferentes áreas, mas há um líder na equipe? Sem um coordenador, vamos ter problemas.

– Esse seria eu. – A voz masculina a envolveu como uma fumaça quente.

Seu coração deu um salto, e um arrepio se espalhou pela pele dela.

Lily tinha ouvido aquela voz só uma vez, mas seu eco vinha se esgueirando pelo seu inconsciente desde então, visitando-a naqueles momentos entre o despertar e o sono, quando ela se encontrava mais vulnerável.

Seu rosto estava corado?

Não podia ser. Ela havia passado metade da vida sendo alvo de olhares. Sua capacidade de corar tinha desaparecido na adolescência.

Relutantemente, ela virou a cabeça.

Que bom que estava sentada.

O rosto de Raffaele Petri era conhecido mundo afora. Mesmo assim, as fotos não lhe faziam justiça. Alto, muito mais alto do que ela esperava para alguém com descendência italiana. Ombros largos, quadris esguios e pernas longas – a epítome da masculinidade em seu primor. O paletó casual e a camisa de gola aberta enfatizavam peculiarmente o poder que ela sentia emanar dele, em vez de detraí-lo. Ele não precisava de um terno de três peças para demarcar a autoridade.

Seus traços eram perfeitos demais para serem reais. Sim, havia rugas ao redor dos olhos dele, que pareciam ser de exposição ao sol, mas, por incrível que pareça, elas apenas o deixavam mais atraente. Os cabelos eram de um dourado escuro, sutilmente desgrenhados. Os olhos pareciam langorosos até que se encontrasse o azul penetrante deles.

Lily tentou engolir em seco. Encontrar o olhar dele era uma experiência palpável, como se ele tivesse pegado na sua mão. Uma onda de calor fulminante percorreu seu corpo enquanto aqueles olhos mantinham os dela cativos – sensuais, elétricos.

Não era apenas o fato de ele ser ridiculamente lindo, percebeu ela ao forçar-se a respirar. Ele era... *Mais*. Mesmo do outro lado da mesa de conferência, ela podia sentir o crepitar da energia, a sensação de que ele era um homem que fazia as coisas acontecerem.

Sem pressa, ele a estudou por cima da mesa, catalogando cada detalhe, desde os cabelos roçando seu rosto até o pescoço visível.

O velho ressentimento ressurgiu, por ele estar examinando-a como um animal enjaulado. Até que ela percebeu que estava fazendo o mesmo, o que a deixou com raiva de si mesma.

– Finalmente estamos nos conhecendo, senhorita Nolan.

ENTÃO ERA isso.

Reconhecimento. A conclusão atingiu Raffa em cheio, como um soco no peito, uma onda inesperada de adrenalina.

Mas reconhecimento implicava um elo com a mulher do outro lado da mesa. O que era absurdo, mesmo que a lembrança da voz rouca e da atitude dela tivesse surgido nos momentos mais inapropriados nas últimas semanas. A onda de energia que ele sentia só podia ser satisfação, por finalmente compreender o desconforto do assistente.

Os cabelos de Lily Nolan emolduravam um rosto oval que era, no máximo, comum. Olhos castanhos, lábios nem finos nem suculentos, um nariz comum. Linda ela não era, mas talvez até pudesse ser bonita, se não fosse pela faixa de pele brilhante que se estendia da têmpora até o maxilar.

Cicatrizes desapareciam com o passar dos anos. Há quanto tempo Lily a tinha? A cor não era lívida, e ela havia feito cirurgia plástica. Devia ser uma visão e tanto antes da operação.

Não era um ferimento de faca. Ele tinha visto o suficiente na juventude para saber como era.

Uma queimadura? Algum outro trauma?

– *Signor* Petri. – A voz familiar mexeu com algo diferente dentro dele, distraindo-o por um segundo.

Ele deu a volta na mesa, estendendo os braços.

Ela hesitou, e então se levantou. A camisa longa e totalmente abotoada parecia larga na figura esguia dela. Uma tentativa deliberada para não se encaixar? Para deixar claro que estava ali contra a própria vontade? Como se ele se importasse com a opinião da equipe.

A mão dela apertou sua mão. Macia, fria e pequena.

Ela batia na altura do ombro dele com aqueles sapatos baixos, e inclinou a cabeça para trás para encontrar os olhos dele. Nesse instante, seus cabelos deslizaram do rosto, revelando uma parte ainda maior da pele cicatrizada. Porém, não foi a deformidade que chamou a atenção dele, mas o brilho desafiador nos olhos dela.

– Acho que este é o momento em que devo dizer que é um prazer conhecê-lo, *signor* Petri.

Um arfar do outro lado da sala o lembrou que a equipe ainda estava presente.

Raffa continuou segurando a mão dela com delicadeza.

– Isso mesmo – murmurou ele, exibindo um pequeno sorriso. Ele havia ganhado a briga, e podia se dar ao luxo de ser cortês.

Ainda assim, a expressão austera dela não se abrandou, o que o surpreendeu – era raro encontrar alguém genuinamente imune ao charme dele.

Lily Nolan ficava cada vez mais interessante.

– É definitivamente um prazer conhecê-la, Lily. – Ele alargou o sorriso, pronunciando o nome dela de forma arrastada. – Estava ansioso para tê-la em minha equipe.

Houve silêncio, e por um momento longo demais.

– Imagino, levando em consideração tudo o que fez para me trazer para cá.

Outro murmúrio abafado, mas Raffa não se virou. Ele não ligava para o que os outros pensavam.

– Você certamente foi elusiva.

Ele esperou que ela retirasse a mão. Mas, em vez disso, Lily se levantou. Estava tensa, suprimindo emoções fortes.

Porém, seus olhos encontravam os dele diretamente, e neles Raffa só conseguiu ver provocação.

Aquela mulher daria uma senhora jogadora de pôquer. Ela não esboçava nenhum sinal de fraqueza ou desconforto.

O olhar dele captou um movimento minúsculo no canto da boca de Lily. Por um instante, ele se perguntou se poderia ser a cicatriz que repuxava o canto da boca, até que se lembrou de que não havia nenhuma distorção nos lábios dela ao falar. O que era aquele minúsculo movimento? Ela estava mordendo a bochecha?

– Você precisa de mim para alguma coisa? – Ela olhou diretamente para as mãos unidas, e Raffa refreou um sorriso. Ela estava determinada a não se deixar impressionar. De uma forma perversa, ele gostou disso.

Há quanto tempo ele não era tratado como um cara comum? Essa era uma novidade que ele não sabia que desejava até aquele pedaço de mulher com olhos castanhos turvos encará-lo como se ele não fosse nem um pouco especial.

– Na verdade, agora é o momento perfeito para lhe informar em mais detalhes quais são minhas expectativas. – Ele virou-se e fez um sinal para Pete com a cabeça. Em instantes, o fiel assistente esvaziou a sala e fechou a porta.

Se Lily Nolan estava intimidada, ela não demonstrava. Sua mão continuava inerte sobre a dele, como se querendo dizer que o toque dele não significava nada para ela.

Quem era essa mulher? Ela o intrigava desde o primeiro contato.

O mundo de Raffa e as pessoas nele eram previsíveis. Na maior parte do tempo, elas queriam algo dele – um pouco de fama, uma apresentação aos melhores círculos sociais, oportunidades de negócio, sexo. Todo mundo queria alguma coisa.

Exceto aquela mulher, que não o queria de forma alguma.

Seria por isso que ela o fascinava? Porque ele estava entediado?

Raffa soltou a mão dela. Ele tinha preocupações mais importantes do que a novidade de uma funcionária que ressentia a sua autoridade.

Ainda assim, ficou admirado pela maneira como ela retirou a mão lentamente, mesmo depois do cumprimento demorado. Ela tampouco se afastou, assim como ele.

Seus olhos focaram as roupas largas e desinteressantes dela. Ela havia ido longe demais em sua tentativa de não ser só mais uma engrenagem na máquina corporativa.

Por que ele a havia trazido contra seus desejos? A ideia era ridícula. Quaisquer que fossem os problemas dela, ele não era responsável por eles. Ele a empregara mediante um salário escandalosamente alto e um bônus até então inédito.

– Sente-se. – Ele apontou para a cadeira atrás dela e sentou-se ao lado. Estava determinado a compreender aquela mulher. Depois, conseguiria tirá-la da cabeça e cuidar dos negócios.

Ela o observava atentamente, os dois pés firmes no chão, as mãos fechadas. Como se fosse ele quem devesse impressioná-la, e não o contrário.

Lily percebeu, pelo crispar daqueles lábios esculpidos, que ela o divertia.

Sentiu dentro de si uma pontada de fúria. Queria gritar, mas manteve a boca fechada e o rosto impassível. Já havia suportado pena, horror e aversão suficientes para uma vida inteira. A opinião de um magnata egocêntrico que ria de uma funcionária por ela não estar perfeitamente produzida jamais importaria.

Ou ele estava rindo por achar a aparência dela pouco feminina? Ele a havia inspecionado da cabeça aos pés.

Notavelmente, embora ele tivesse reparado no dano no rosto dela, seu olhar não havia se demorado nele, como o dos outros. Como se a cicatriz fosse tão comum quanto o formato do nariz dela ou os sapatos pelos quais ela havia optado em vez de se equilibrar sobre os saltos que comprara em um momento de fraqueza. Como se um par de sapatos fosse transformá-la em uma funcionária de escritório!

Não com aquele rosto.

Lily engoliu em seco, sentindo o gosto da amargura. Estava tirando conclusões precipitadas. Raffaele Petri era egoísta e implacável. Ela não tinha provas de que ele fosse superficial e cruel.

Mas isso era uma questão de tempo.

Não seria a primeira vez que alguém a usava para se sentir melhor. No último ano do colegial, algumas garotas novas ficaram amigas dela, lindas, loiras e efusivas. Pela primeira vez em anos, Lily sentiu-se aceita, valorizada. Até ela ouvi-las conversando sobre como permitir que Lily andasse com elas fazia com que as pessoas as vissem como simpáticas e até mesmo ainda mais bonitas.

Lily deixou as lembranças de lado, endireitando os ombros e erguendo o queixo, mentalizando a força fluindo pelo corpo. Qualquer que fosse o jogo dele, ela estava à altura. Talvez não fosse bonita de se olhar, porém ela havia desenvolvido uma determinação como a de poucos.

O silêncio continuou, mas ela se recusou a quebrá-lo. Se aquilo fosse uma prova de força de vontade, ele ficaria desapontado.

Olhos da cor do oceano Pacífico encontraram os dela, penetrantes como se pudessem ler os pensamentos de Lily.

– Você já se instalou na nova sala?

– Sim, obrigada. Pete me mostrou os arredores.

Para seu horror, ela descobriu o escritório repleto não de cubículos minúsculos onde os funcionários poderiam se esconder do escrutínio público, mas sim de salas espaçosas com repartições de vidro que reduziam os níveis de ruídos e deixavam todos à mostra.

O pior era que a sala dela ficava ao lado da de Pete e a de Raffaele Petri. A ideia de trabalhar com aquele homem a observando a fez estremecer.

– E suas acomodações? Confortáveis?

Lily assentiu. O tamanho e o luxo a surpreenderam, fazendo com que se sentisse a garota caipira que era, fora de seu habitat, na sofisticada Nova York. Felizmente o *jet lag* levara a melhor sobre ela na noite anterior, antes que tivesse a chance de explorar o lugar e se sentir ainda mais deslocada. Naquela manhã, ela perdera a hora e precisara correr para se aprontar. Tudo o que conseguira ver fora o banheiro sibarítico de mármore negro e o interior da mala enquanto caçava suas roupas.

– Sim, obrigada. São mais que suficientes.

– Suficientes? – Os lábios dele formaram um sorriso que mexeu com a pulsação dela. Tão lindo que a deixou sem fôlego. Genuíno e, por isso mesmo, ainda mais poderoso.

– O que é engraçado? – inquiriu ela.

Os olhos dele se fixaram nos dela, e uma onda de calor escaldou os ossos dela.

– Nunca tinha ouvido alguém descrever minha cobertura como meramente *suficiente*.

CAPÍTULO 3

– SUA COBERTURA? – Lily não conseguia ocultar o choque na voz. – Estou na sua *cobertura*? – Seus dedos se fincaram nos braços de couro da cadeira.

– Nenhum outro andar possui um jardim no terraço, ou uma piscina. – Ele a observou como se analisasse um espécime peculiar.

Pela segunda vez naquele dia, ela sentiu como se estivesse corando.

– Eu não abri as cortinas. Estava tarde e eu estava cansada, e... – Ela fechou a boca antes de revelar mais. Tivera a vaga impressão de ver uma sala de estar espaçosa, mobília elegante, mas quem poderia sonhar que...

– Não se preocupe, você verá o jardim mais tarde.

Lily balançou a cabeça.

– Não haverá mais tarde. Não posso ficar lá.

– Mas você disse que as acomodações são perfeitamente adequadas. – Desta vez, a boca dele não se curvou em um sorriso, mas ela sabia que ele estava rindo por dentro. Como ele poderia não rir, sabendo que ela não tinha percebido que havia passado a noite em uma cobertura em Manhattan?

– É a sua casa. Não seria apropriado.

RAFFA NÃO conseguia imaginar nenhuma das mulheres com quem já havia saído recusando a oportunidade de mudar-se para seu apartamento, mesmo que para a área de hóspedes.

Ele descobrira que Lily Nolan era diferente no instante em que ela atendera o telefone com aquela voz sedosa. Ela evocara algo frágil – não excitação, mas definitivamente algum interesse.

E continuava a interessá-lo. Ela era... revigorante. Não por causa do rosto marcado ou das roupas horrorosas. Ele seria a última pessoa do mundo a julgar alguém pela aparência.

Há quantos anos ele não achava uma mulher interessante?

Ele inclinou-se para frente, registrando que ela sutilmente inclinou-se para trás.

Será que ela não gostava de homens ou só dele?

O fato de estar se perguntando isso o pegou de surpresa.

Ele não podia se distrair imaginando o que Lily Nolan gostava ou não. Mas ele *precisava* se certificar de que havia feito a coisa certa ao trazê-la. Muita coisa dependia disso.

– Se eu estou de acordo, quem pode dizer o contrário?

– Você é cruel com todo mundo ou só comigo? – Ela falou lentamente, enunciando cada palavra com precisão. – Eu não posso morar na sua casa.

– É com sua privacidade que você está preocupada? Você está com medo de que eu invada seu espaço?

Os *paparazzi* o tinham rotulado como playboy porque ele nunca era visto com a mesma mulher duas vezes. Ninguém sabia que era por causa do tédio e por não gostar de ser o objeto de avareza de uma mulher mesquinha. Atualmente, sua reputação de mulherengo era fruto exclusivo da fantasia daquelas que ele *não tinha* levado para a cama.

Elas sempre queriam algo dele. Sempre.

Ele odiava sentir-se assim.

Será que Lily Nolan achava que ele estava tão desesperado a ponto de assediar sexualmente uma funcionária?

– A ala dos hóspedes fica separada, com uma entrada própria. Há uma porta trancada separando-a do resto da cobertura, então você poderá ficar sozinha. – Em vista de sua experiência pessoal, *ele* é que deveria se preocupar com *ela* invadindo seu espaço.

Ela permaneceu em silêncio. A indignação intensificou-se. Raffa não conseguia se lembrar da última vez em que havia se sentido assim. Seria porque ele sempre conseguia o que queria? Ou porque ele não ligava para quase nada além do trabalho, incluindo o que as pessoas pensavam dele?

– A acomodação é temporária. Meu assistente tinha reservado outro lugar, mas houve um problema sério com os canos, ontem.

– Eu poderia ficar em um hotel.

– Você poderia, mas você me disse que não tem condições. Alguma coisa sobre ter responsabilidades financeiras.

As sobrancelhas dela se arquearam, surpresa pela curiosidade dele.

Dannazione! Ele também ficara surpreso.

– Você não podia ter me instalado em outro lugar?

– Porque eu tenho rios de dinheiro? – Ela estava certa. Pete não teria tido trabalho algum acomodando-a em algum outro lugar. Mas Raffa já estava financiando a estadia dela em Nova York com estilo. Além disso, tê-la por perto significava uma chance de satisfazer sua curiosidade.

– Eu não fiquei rico desperdiçando dinheiro, senhorita Nolan. A suíte de hóspedes está vazia, o que é conveniente para seu trabalho aqui. Posso garantir que você será útil, fazendo o que eu quero que você faça, não muito longe da minha vista.

Por um instante, os olhos dela brilharam, e ele podia jurar que a temperatura na sala havia aumentado. Porém, o temperamento dela não explodiu. Ela possuía um controle fenomenal.

Raffa recusou-se a considerar por que ele gostava tanto de testá-la.

– Você se lembra de que eu não queria vir para Nova York. Se está preocupado com que eu possa me distrair, posso voltar para casa e trabalhar de lá.

Ele balançou a cabeça.

– Você ficará onde está até o outro apartamento ficar pronto. Estou pagando caro por seus serviços. Quero ter certeza de que meu investimento vai valer.

– Você não confia em mim? – Ela inclinou a cabeça.

– Só confio em alguém depois que a pessoa provar ser digna de confiança.

Os olhos dela se estreitaram.

– Você é que estava ansioso para me ter aqui.

Ele deu de ombros e inclinou-se para frente, na cadeira.

– Com base no seu desempenho, acredito que você seja a pessoa de que preciso. Este é o meu projeto mais importante de todos. Não posso correr riscos.

Lily olhou dentro daqueles olhos azuis brilhantes, sentiu a intensidade daquele olhar e soube que eles haviam chegado ao coração da questão.

Ela sentiu o crepitar da energia dele.

A conversa entre eles até então havia sido regada a hostilidade velada. Talvez ele mantivesse os novos funcionários na rédea curta até eles provarem seu valor. O porquê de Raffaele estar tão interessado nela era algo que Lily não conseguia imaginar.

– Por que isso é tão importante?

O sulco entre as sobrancelhas dele desapareceu quando ele se reclinou na cadeira.

– Não tolerarei fracassos.

Até onde Lily sabia, ele jamais havia falhado. Raffaele Petri tinha um faro apurado para um bom negócio e uma reputação de sucesso. Ele também sabia instintivamente o que apetecia a clientela abastada. Foi assim que construíra sua fortuna, com resorts exclusivos, clubes e agora marinas para aqueles que faziam questão do melhor do melhor. Os ricos sempre tinham o bastante para gastar com eles mesmos, apesar das reviravoltas da economia que afetava pessoas como ela, lutando para fazer as coisas darem certo.

– Este homem em que estou de olho, Robert Bradshaw...

– Sim? O que você pode me dizer sobre ele?

– Esse é o seu trabalho. Quero um relatório completo – seus interesses no mundo dos negócios, amigos e conexões. Tudo. – A expressão de Raffaele Petri não se alterou, mas Lily sentiu algo na voz dele que deixou os cabelos do seu pescoço de pé.

Ela teve a certeza desconcertante de que estava se aventurando por águas perigosas. Mais uma vez, o instinto gritou para que fugisse. Mas ela não tinha escolha. Ele destruiria sua reputação se ela se recusasse a fazer aquele trabalho.

– Ajudaria se você me dissesse algo sobre o projeto.

Ele a encarou, sem piscar, enquanto ela estremecia. Dizia-se que Raffaele Petri era capaz de seduzir uma mulher com um só vislumbre daqueles olhos estonteantes da cor do mar. Não que ele fosse, algum dia, voltar sua famosa habilidade de sedução para ela. Mas o que ela via agora era a mais pura precisão. Astúcia, como se ele estivesse avaliando-a, decidindo o quanto deveria lhe contar.

Não muito, dada a forma como aquele maxilar esculpido se projetava.

Lily o encarou de volta, tentando ignorar o tremor da resposta feminina em sua barriga e a onda de calor nas veias.

Que hora para os hormônios dela despertarem da hibernação!

Ela respirou fundo, controlando os pensamentos.

– Os outros projetos que eu lhe enviei foram pesquisas sobre empresas e tendências comerciais, localizações. – Para determinar se um negócio era um bom investimento. – Este é sobre um homem.

Ele ainda não tinha dito nada; era como se esperasse que ela ligasse os pontos.

A exasperação foi aumentando.

– Eu deveria me focar em algum ângulo específico?

– Já disse. Todos os possíveis. O tamanho e a natureza da renda dele. Os sócios. Os interesses, as fraquezas e hábitos. Com quem ele dorme. O pacote completo.

Seria imaginação dela, ou o olhar dele havia se intensificado?

Não, ela não tinha imaginado. O sotaque italiano ficara mais forte ao dizer "com quem ele dorme"; como um rico chocolate envolvendo uma lâmina. Quem quer que fosse Robert Bradshaw, o que quer que ele tivesse feito, ela odiaria estar no lugar dele.

Naquele instante, Lily sentiu o que havia entendido apenas intelectualmente antes: Raffaele Petri seria um inimigo perigoso.

– Compreendo. – Ela não compreendia, mas ele claramente não iria se explicar. – Certo. Farei o meu melhor.

– Isso não é o suficiente. Preciso saber que você vai entregar o que eu preciso.

– Você vai ter o seu relatório, *signor* Petri. Mas vai levar um tempo. Essa é uma pesquisa e tanto. – Ela fez um gesto com a mão, tentando parecer calma e organizada, apesar do frio na barriga. – Posso descobrir os interesses e sócios comerciais. Vou fazer uma verificação extensa deles. O mesmo com os bens e o estilo de vida. Mas há limites.

– Limites? – Sobrancelhas negras se ergueram, como se ele jamais tivesse ouvido aquela palavra.

– Sou uma pesquisadora, *signor* Petri, e não detetive particular. Se deseja informações sobre a vida pessoal desse sujeito, seria melhor contratar um. Eles podem ficar de tocaia na frente da casa dele e lhe dar um relatório completo sobre as idas e vindas dele.

Ele já estava balançando a cabeça.

– Aprendi, muito tempo atrás, a não confiar neles. Quero resultados, não desculpas.

Surpresa, Lily inclinou-se para frente, e então congelou ao registrar um aroma envolvente e picante. Ele provocou suas narinas, incitando ondas tectônicas de prazer.

O que a fez pensar nas fotos que ela havia visto dele anos atrás. Ele estava deitado em uma cama amarrotada, com barba por fazer e os braços atrás da cabeça em uma pose que acentuava a musculatura impressionante do peito e dos braços. A imagem havia coagido milhares de mulheres a comprarem um pós-barba ridiculamente caro para seus homens.

Era isso o que ela estava sentindo naquele instante? Lily inalou fundo, imaginando como seria produzir uma fragrância que parecia tão puramente natural, como a pele quente de um homem ou desejos proibidos.

Abruptamente ela voltou para a realidade, tentando recobrar a linha de raciocínio. Pronto. Quando ele havia usado detetives particulares no passado, e por quê?

A expressão dele deixava claro que não iria responder.

Ela deu de ombros.

– Como quiser. Só estou avisando que minhas habilidades têm limites.

– Mas você já trabalhou para uma firma de investigação privada, tendo inclusive recebido algum treinamento.

Lily o encarou. Como ele sabia *disso*? Ela tentou se lembrar dos detalhes que havia incluído no currículo, mas o que realmente a surpreendia era ele tê-lo lido pessoalmente.

– Foi há muito tempo, e eu não me qualifiquei como investigadora particular. Não era para mim. – Ela ficara enjoada de remexer a vida pessoal das pessoas. Pesquisas comerciais eram muito menos desagradáveis.

– Mas você tem potencial. Eu quero tudo, desde as finanças de Bradshaw até seus registros telefônicos.

Lily descansou as mãos sobre o colo, mantendo a aura de calma apesar dos alarmes que soavam na sua mente.

– A menos que você tenha um mandado, registros telefônicos são protegidos por lei. – Ela parou, respirando fundo. – Obviamente, você não está falando em invadir os registros da empresa de telefonia.

Aquelas sobrancelhas retas se arquearam.

– Não? Mas você incluiu invasão de sistemas nas suas habilidades.

Lily reclinou-se, e sua cadeira afastou-se da mesa de conferência.

– Como você sabe disso? Isso foi anos atrás.

Sua respiração tornou-se entrecortada. Fazia anos que ninguém mencionava aquele seu único atrito com a lei. Ela era apenas uma criança, entediada por passar tanto tempo sozinha, afastada dos amigos em razão dos tratamentos médicos e cirurgias. E pelo fato de que, para muitos de seus colegas de escola, ela havia se transformado em uma aberração. Não só por causa das cicatrizes, mas porque ela fora a única a sobreviver. Ela se perguntava se eles se sentiam culpados por preferirem secretamente que sua amiga popular, Rachel, tivesse sobrevivido, e não ela.

As emoções atingiram-na como uma corrente marinha, ameaçando arrastá-la para o fundo.

Mas Lily se manteve forte e focou sua atenção em Raffaele Petri – tão forte, arrogante e no controle. Ela apostava que ele nunca se sentia acuado ou inseguro. Surpreendentemente isso funcionou. Sua pulsação diminuiu.

– Eu escolhi os melhores para a equipe deste projeto. Sua carreira curta como hacker é impressionante. Foi um milagre você ter se safado com uma pena tão leve.

Lily cruzou os braços.

– Eu era menor de idade. E não causei nenhum dano.

– Não, você só conseguiu se infiltrar em um dos bancos de dados governamentais mais bem protegidos e criptografados do mundo.

* * *

– Se você está me contratando para infringir a lei, pense melhor, *signor* Petri. Não farei isso por nenhum cliente. – Ela levantou-se e andou de um lado para o outro.

Assim era melhor. Pelo menos ele estava vendo algo contundente em Lily Nolan. Não apenas raiva, mas indignação, e quem sabe também um pouco de medo?

Ele não queria assustá-la. Mas ela vinha batendo tanto de frente que Raffa começara a se perguntar o que seria necessário para ultrapassar a barreira do controle dela. Mesmo irritada, ela se portava friamente equilibrada, um desafio, um mistério irresistível.

Mas não agora. Agora Raffa via a mulher por trás da máscara de autossuficiência.

O que ele via aumentava seu interesse.

Os olhos de Lily Nolan cintilaram quando ela virou para encará-lo. Seus lábios inconscientemente formaram um beicinho desafiador. Um beicinho que mexeria com qualquer homem de sangue quente.

Só que ele era o chefe dela.

Ele nunca assediava suas funcionárias.

Além disso, não gostava muito de beijar. Ele havia aperfeiçoado a arte por necessidade, mas nunca tinha gostado muito. Era uma ferramenta como qualquer outra para conseguir o que queria.

Raffa ficou imóvel, surpreso pelos próprios pensamentos. Ele não queria beijar Lily Nolan. A ideia era ridícula. Ele queria compreendê-la. Rotulá-la e catalogá-la para que Lily não ocupasse nem mais um espacinho de seu cérebro. Só então ele iria conseguir cuidar de coisas mais importantes.

Ainda assim, ele havia provocado uma reação que só servira para deixá-lo com vontade de mais. O autodesprezo inflou dentro dele. Um homem abastado tão autocentrado cujo único deleite era brincar com as outras pessoas?

– Você tem escrúpulos, senhorita Nolan.

Ela aproximou-se dele, com as mãos na cintura.

– Há limites que eu não ultrapasso, *signor* Petri. Infringir a lei é um deles.

Ela falava como uma mulher que não sabia o que era passar necessidades. Raffa comprimiu os lábios. Ele sabia muito bem o que a pobreza e o desespero podiam levar uma pessoa a fazer.

Ou seria essa uma desculpa que ele usava para justificar o passado?

– Nem mesmo por dinheiro?

Aqueles olhos pareciam feitos do mais puro âmbar, guarnecidos por um aro cor de mel, e eles encararam os dele com total certeza.

– Nem mesmo por dinheiro.

Lentamente ele assentiu.

– Que bom. Então você teoricamente não pode ser comprada por um concorrente para vender informações confidenciais.

Ela franziu o cenho.

– Por acaso você está testando minha honestidade?

Raffa deu de ombros. Era mais fácil deixá-la acreditar que era esse seu interesse do que tentar explicar algo que ele mesmo não compreendia.

Se o relatório dela não fosse suficiente, ele teria que ignorar o preconceito e contratar um detetive. Pelo menos dessa forma ele não perderia tempo com "dicas promissoras".

Anos atrás, quando havia começado a ganhar dinheiro de verdade, ele havia gastado muito com investigações infrutiferas. Seu desespero em encontrar o responsável pela morte da irmã fora pura ingenuidade.

Agora ele era mais experiente. E não confiava em detetives.

Ele não confiava em ninguém.

Raffa empurrou a cadeira e levantou-se.

– Vamos nos ver novamente depois que você concluir seu relatório inicial.

Até lá, seu fascínio já teria passado. Ela seria só mais uma funcionária.

CAPÍTULO 4

NÃO HOUVE barulho, nenhuma perturbação, mas de repente Lily soube que não estava mais sozinha.

Sua espinha dorsal formigou da nuca até a base das costas. A pele se eriçou, e ela congelou no ato, dedos no teclado, esperando.

Lentamente, ela ergueu a cabeça.

Ali estava ele, o ombro encostado no batente da porta, as pernas casualmente cruzadas sobre os tornozelos. O único homem cuja presença ela podia sentir com uma precisão infalível.

Todas as vezes.

Antes mesmo de ele olhar para ela.

Era um sexto sentido, algo primitivo, um instinto animal tão profundo quanto inexplicável. Entrava em ação sempre que Raffaele Petri estava por perto. Lily era sempre a primeira a sentir sua presença.

Ele a encarava com os olhos semicerrados, fazendo com que o sangue dela fervesse.

Ela o achava lindo com as roupas casuais que ele usava no escritório. Mas em trajes formais... Os olhos dela se arregalaram. Ele parecia um anjo caído pecaminosamente deslumbrante de terno e um meio sorriso. A gravata-borboleta frouxa ao redor do pescoço lhe dava um ar decadentemente libertino.

– Trabalhando até tarde de novo?

Lily assentiu e limpou a garganta. Era ridículo ele ainda exercer esse efeito sobre ela mesmo depois de um mês, mas seu coração ainda disparava e a deixava sem ar. Não adiantava pensar que milhões de mulheres tinham a mesma reação. Ou que ela estava sendo tola. Tudo o que ela podia fazer era garantir que ninguém, especialmente o homem diante dela, descobrisse.

– Mas obviamente não para impressionar o chefe. – Ele cruzou os braços, mas Lily manteve os olhos fixos no rosto dele, recusando-se a pensar na forma como aquele gesto enfatizava a simetria impressionante de sua figura imponente.

– Acha mesmo que não? – A voz dela estava funcionando, afinal de contas.

O que ela não daria por uma pausa! Naqueles dias, os outros funcionários entravam e saíam da sala dela regularmente. Para sua surpresa, após o choque inicial, eles a aceitaram como membro da equipe – muito diferente de sua experiência em outros ambientes de trabalho. Talvez porque ela estava tão focada no projeto que não tinha tempo para se estressar com a reação deles?

Uma olhada pelas paredes de vidros informou que eles estavam sozinhos. Todos já tinham ido embora há muito tempo.

– Não sei. – Ele endireitou-se e, para o espanto dela, entrou no escritório.

– Você também lê mentes, agora? – As palavras saíram sem pensar.

– Além do que mais? – Ele parou a alguns passos da mesa dela, sugando todo o oxigênio da sala. – Não, não me diga. Vou gostar do desafio de adivinhar.

Lily reclinou-se, descansando as mãos no colo. As palavras dele eram polidas, como se ele visse as interações deles como uma espécie de jogo.

Bem, ela não estava jogando.

Principalmente porque seu tom leve não casava com o escrutínio avaliador.

– Como você sabe que não estou tentando impressioná-lo com minha eficiência? – Era melhor focar os tópicos concretos do que tentar adivinhar o que se passava naquela mente complicada, brilhante.

Ele deu de ombros, um gesto inatamente italiano.

– Você nunca busca a minha aprovação. Você não vem ao meu escritório para fazer perguntas ou para se vangloriar do que descobriu sobre Bradshaw.

Os lábios de Lily se retorceram por causa da implicação de que ele havia ficado impressionado. Mas ela não se permitiu sorrir; se baixasse a guarda com aquele homem, jamais conseguiria se recuperar. Por mais charmoso que fosse, Raffaele Petri era perigoso.

– Você sempre está focado no resultado final. – Ela entrelaçou os dedos com cuidado, como se estivesse relaxada. – De que adiantaria ficar exibindo as pequenas vitórias?

Aqueles lábios esculpidos formaram um sorriso, e, de quebra, uma covinha sexy em uma bochecha morena.

O calor foi dos pulmões de Lily para a barriga, contraindo os músculos abdominais e incitando seu desejo sexual instantaneamente.

Era por isso que ela precisava ser vigilante. Raffaele Petri não tinha apenas o poder de destruí-la. Ele também fazia com que ela desejasse coisas impossíveis.

– Você está pagando pelo melhor. – Ela levara muito tempo para desenvolver a confiança no próprio trabalho, e se recusava a se diminuir diante de algo tão importante. – Não sou tão carente a ponto de precisar de um tapinha nas costas sempre que faço algo certo.

Em vez de se afastar, ele a avaliou pelos olhos semicerrados.

– Às vezes, a questão não é um tapinha nas costas – murmurou ele. – Às vezes, as pessoas só querem a minha atenção.

Lily encarou aquele olhar intenso enquanto as palavras dele eram absorvidas.

Só querem atenção.

Dele.

Assim como aquela parte minúscula dentro dela fantasiava em...

Lily levantou-se tão abruptamente que a cadeira deslizou e acabou batendo na parede.

De pé, seu estômago revirava tanto que ela podia sentir o gosto da bile. Ele havia chegado muito perto dos desejos mais secretos dela, fazendo-os parecerem ainda mais patéticos.

Sua mão ergueu-se por causa do velho tique que ela levara anos para controlar. No último instante, antes de seus dedos tocarem a pele cicatrizada, ela a abaixou e plantou as duas palmas sobre a mesa. Suas mãos estavam úmidas sobre a madeira, e sua garganta, constrita de tensão.

Não era só Raffaele Petri que nunca iria achá-la atraente. *Nenhum* homem jamais iria.

A vivência de Lily era suficiente para aceitar isso, depois de várias experiências dolorosas em que tentara se aproximar de um homem e precisara suportar uma rejeição horrível e embaraçosa. Ainda assim, uma parte tola dela ainda fantasiava com isso.

Não era com ele que ela estava brava, mas consigo mesma.

– Quer dizer que elas querem que você as note porque elas são atraídas por você? – A voz dela saiu com dificuldade.

– Já aconteceu. – Novamente aquele dar de ombros fluido, mas ela estava preocupada demais com a vergonha para reparar.

– Você está irritado porque eu não me desdobrei para chamar sua atenção? – Ela quase engasgou com as palavras. O orgulho era seu único salva-vidas, e ela se agarrou a ele. – Você sabe que algumas pessoas não se deixam intimidar por sua beleza, *signor* Petri? – Seu tom deixava claro que ela era uma delas.

Se ao menos isso fosse verdade! A exposição diária a Raffaele Petri não a inoculara contra sua beleza. Em vez disso, ela desenvolvera respeito pela sua tomada de decisões incisiva e a habilidade de tirar o máximo da equipe. Ela descobrira ainda justiça da parte dele, e até um humor autodepreciativo que era bastante charmoso.

O som de uma risada cortou seus pensamentos. Rica e quente, ela o envolveu como uma carícia. Não havia nada calculado nela ou na expressão dele, e Lily teve a impressão de que, por um instante, estava vendo Raffaele Petri como poucos já tinham visto, já que ele exalava a sensação de ser profundamente reservado.

– Você está absolutamente certa, Lily. – Ela sentiu o pulso acelerar ao ouvir o próprio nome naquela voz grave. – É um antídoto para o meu ego inflado. Nem todas as pessoas me acham atraente. Bom saber que você é uma delas. Isso facilita bastante nossa interação.

Lily expirou lentamente. Talvez todos aqueles anos mascarando os sentimentos e aprendendo a não demonstrar vulnerabilidade tivessem valido a pena.

– Afinal, o que você quer de mim?

– Honestamente? – O azul escaldante daqueles olhos fez a pele dela fervilhar. – Eu acho você... interessante. Diferente.

Desta vez, ela não impediu que sua mão fosse até o rosto. Mas, em vez de tocar a pele cicatrizada, ela deliberadamente colocou os cabelos para trás, ajeitando-o atrás da orelha, revelando toda a extensão das marcas.

Ela ergueu o queixo, encarando-o desafiadoramente.

– Oh, eu definitivamente sou diferente.

– Você acha que estou falando da sua aparência? – A expressão dele ficou séria, quase fechada.

Foi a vez dela de erguer os ombros. O movimento não teve a mesma fluidez dele.

– O que mais seria?

Ele balançou a cabeça.

– Não sei. – Por um instante, ele pareceu quase perplexo. – Mas isso não tem nada a ver com sua aparência.

Lily não sabia se ficava aliviada ou ridiculamente magoada.

– Talvez porque eu não queira abusar da sua hospitalidade.

Ele ergueu as sobrancelhas.

– Se tivéssemos feito as coisas do seu jeito, nós estaríamos em hemisférios diferentes agora.

Lily cruzou os braços, projetando uma tranquilidade falsa.

– Você está acostumado demais com as pessoas correndo atrás de você.

– Você acha que a questão aqui é o meu ego? – Ele fez uma pausa, como se estivesse considerando a pergunta. – Talvez. Mas é mais do que isso. Gosto da forma como você pensa, a combinação da pesquisa sólida e extensa e de sua imaginação inspirada. Percebi isso no seu relatório sobre o projeto do Taiti e nos outros conseguintes.

Lily sentiu os músculos relaxarem. Elogios profissionais ela aceitava com gosto. Era quando eles fugiam do assunto que o desconforto entrava em ação.

– Gosto do fato de você não ter medo de dar suas opiniões.

– Não vejo nenhum puxa-saco na sua equipe.

– Ah, mas você leva sua independência a níveis fascinantes. É algo para se orgulhar.

– Não tenho nada de especial, *signor* Petri. Sou uma mera profissional, acostumada a trabalhar para mim mesma em vez de ter um chefe.

Ele a encarou por tempo demais com aquele olhar que ela suspeitava que via coisas demais.

– Talvez você esteja certa. – Ele fechou o colarinho da camisa e deu um laço na gravata-borboleta.

Lily o observou, fascinada ao descobrir que tal processo poderia ser tão interessante. Não só porque ele conseguia dar um laço com uma facilidade impressionante e sem um espelho, mas também porque a ação era quase... excitante.

– Lily?

Ela piscou.

– Sim?

– Eu perguntei se ela está certa.

– Quase. Puxe um pouco para o lado.

– Assim? – Ele ajeitou a peça de seda negra, e ela balançou a cabeça. Arqueando uma sobrancelha, ele perguntou: – Você poderia me ajudar?

Ela olhou para a gravata torta e sentiu um frio na barriga. Não queria tocar Raffaele Petri. Não queria aproximar-se dele.

Porém, recusar não era uma opção. Nervosa, ela deu a volta na mesa. Estava perto o bastante para sentir o perfume característico dele. Seu calor a envolveu conforme ela colocava a gravata no lugar.

– Pronto. – Ela manteve os olhos fixos abaixo do queixo dele, ignorando os joelhos trêmulos e a curiosa sensação de vazio no peito, como se alguém tivesse lhe tirado todo o ar. – Aproveite a noite. – Então, ela voltou para a cadeira e para o trabalho.

AINDA ERA 23h30 quando Raffa chegou em casa. O evento da noite havia sido mais enfastiante do que o normal.

A companhia dele fingira que a noite significava mais do que a conveniência mútua de serem vistos um com o outro.

Ele caminhou pela sala, sem se dar ao trabalho de acender a luz. O luar o ajudou a encontrar a única garrafa no bar. Instantes depois, ele virou uma dose de *grappa*, sentindo o ardor atacando sua impaciência.

Estava cansado das pompas e fingimentos, de fazer parte do mesmo grupo endinheirado, tentando a todo custo se divertir. Mas tinha esperanças de encontrar Robert Bradshaw, e por isso forçara-se a comparecer ao evento, fingindo importar-se com a "sociedade".

Desde que identificara o responsável pela morte de Gabriella, ele mal conseguia suportar a vontade de destruí-lo. Não tinha esperanças de provar na Justiça a culpa de Bradshaw depois de tanto tempo, mas ainda veria a total e completa ruína do homem que seduzira e descartara sua irmã.

Mas Bradshaw não aparecera naquela noite, provavelmente com medo de encarar tantos credores. De acordo com as informações que Lily desenterrara, Raffa suspeitava que ele tinha se recolhido em sua ilha particular, que pertencia à família dele desde que eles trocavam escravos por açúcar. As casas em Londres e Cannes haviam sido vendidas para pagar dívidas, e o apartamento em Nova York era o próximo. Sem dúvida ele estava lambendo as feridas, tramando uma forma de recuperar a fortuna que havia herdado e desperdiçado.

Os dedos de Raffa apertaram com força o copo quando a ansiedade aumentou. Era hora de atacar Bradshaw. A decisão alegrou seus ânimos. Ele iria esmagar Bradshaw e desfrutar de cada instante.

Depois de tirar a gravata, os sapatos e abrir a camisa, ele saiu para o terraço. Raffa voltou-se para a brisa leve e parou de chofre.

Ele não estava sozinho.

Alguém estava sentado em uma espreguiçadeira ao lado da piscina. Alguém encarando não o jardim ou a vista de Manhattan, mas a tela de um computador.

O que *ela* estava fazendo ali?

Tinha que ser Lily Nolan. A mulher que sempre se fechava atrás das cortinas todas as noites, quando chegava. Ele se perguntou se ela era agorafóbica. Isso explicaria a relutância de ir para Nova York. Mas ali estava ela, com a cidade aos seus pés, relaxada como se nada ali a incomodasse.

Então não era da vista que ela fugia, mas dele.

Raffa balançou a cabeça. Não esperava nada da senhorita Nolan além de outro relatório, detalhando o resort caribenho de Bradshaw construído em uma antiga plantação.

Ela não o ouviu se aproximar, estava muito absorta no que estava fazendo. Trabalhando?

O que ele viu o deixou fascinado. Pela primeira vez, ela não estava usando calças largas e uma camisa abotoada até a garganta. As pernas e os pés estavam nus. O olhar dele viajou pelas coxas lisas e os tornozelos torneados, cruzados para apoiar o laptop. Os braços e ombros dela também estavam nus, livres de cicatrizes.

A massa de cabelos longos estava presa para trás. Ela usava uma blusinha de alça e um short, uma visão encantadora.

Todas as mulheres que ele conhecia projetavam uma imagem – sofisticada, provocadora, fria ou profissional. Raffa parou, deleitando-se com a luz prateada que banhava os membros nus dela, saboreando o charme tentador de uma mulher sexy que não estava deliberadamente se protegendo.

Raffa sentiu a resposta aguda e inconfundível na região da virilha. Mas ela quase foi eclipsada pelo espanto que fez seus olhos se arregalarem: há quanto tempo ele não sentia desejo sexual?

Uma vida inteira parecia ter se passado desde a última vez em que pensar em sexo o fez sentir alguma coisa além de impaciência e... culpa. Por causa do prazer passageiro, que Raffa conhecia muito bem; o sexo era uma transação, um risco calculado e íntimo.

Ele franziu o cenho, seu olhar fixo em Lily Nolan e na simplicidade inocente de seu *sex appeal.*

Mesmo quando jovem, o sexo nunca fora inocente. Simples, sim. Mas nunca inocente.

Ele achava que não dava a mínima para a aparência de Lily Nolan. Mas estava errado.

Era verdade que a cicatriz não significava nada para ele. Que diferença poderia fazer, quando a mais glamorosa de todas as beldades falhara em instigá-lo? Ainda assim, a visão dos membros expostos de Lily, dos seios firmes e do delicado pescoço...

Mas a questão não era meramente o corpo sensual dela. Ele já tinha visto mais do que sua cota de corpos sensuais.

A resposta dele tinha a ver com o fato de ela ser Lily Nolan. A mulher que o vinha desafiando, intrigando e surpreendendo há seis semanas. Até mesmo antes disso, ao conversarem pelo telefone, ele sentira um calor nas veias que o deixara mais *vivo*. Mais *real*.

Raffa franziu o cenho. Ele não era de fantasiar ou questionar a si mesmo.

Sempre fora honesto consigo mesmo. Era a única forma de manter a cabeça no lugar durante a jornada tumultuosa da pobreza ao sucesso.

Por isso, aceitou que, para sua surpresa, era desejo, era interesse sexual o que ele estava sentindo pela primeira vez em anos. E o mais importante: não era uma mera reação a um corpo instigante, mas especificamente a Lily Nolan.

Respirou fundo, sentindo o calor atingi-lo como uma lâmina.

Ela devia tê-lo ouvido, pois, ao virar e deparar-se com ele, ficou tensa e agarrou o computador.

– Você!

Raffa sorriu ironicamente.

– Também estou feliz em vê-la.

– Achei que você tinha saído.

– Entendi. Foi por isso que você se esgueirou até aqui. Você achou que, assim, não teria que me ver.

Previsivelmente, o queixo dela caiu.

– Eu não me esgueirei. Você disse que eu tinha acesso ao jardim.

– Um privilégio que você só usufrui quando estou bem longe. – Ele a observou se recompor, trocando os vestígios de espanto pela habitual máscara de compostura. Irritava-o perceber o quanto ele queria atravessar aquela fachada.

– Achei que você gostasse de privacidade. Especialmente à noite, quando pode estar... recebendo convidados. – Ela olhou para além dele, para a porta da cobertura.

– É muita consideração da sua parte – murmurou ele. – Mas desnecessária. – Ele não explicou que nunca *recebia convidados* em casa; gostava demais de privacidade para isso. Além disso, as cortinas permanentemente fechadas da suíte de hóspedes diziam mais a respeito da privacidade dela do que da dele. Que segredo ela protegia?

Naquela noite, ele iria descobrir.

– No que você está trabalhando? – Talvez ela o surpreendesse revelando que passava as noites jogando na internet.

Ela levou a mão para fechar o laptop, mas ele foi mais rápido.

A pulsação de Raffa disparou. Ele só a havia tocado uma vez, no dia em que se cumprimentaram, mas estranhamente havia uma sensação de familiaridade naquele toque macio.

Alguns instantes depois, ela retirou a mão e a protegeu sobre o colo, como se estivesse doendo.

Interessante.

E muito mais conveniente se concentrar nas reações dela do que nas próprias.

Raffa inclinou a tela para ver melhor.

– Padrões de consumo em Brisbane? O que isso tem a ver com Bradshaw? Não sabia que ele tinha interesses por lá.

– Ele não tem. – Ela fechou a tela. – Esse trabalho não é para você.

– Você está trabalhando para a concorrência? – Ela estava tão próxima que ele pôde sentir o delicado perfume que não havia sentido antes. Sutil, e ainda assim doce. Fazia Raffa pensar em dias frescos e... peras? Isso – peras firmes e suculentas.

Ela afastou-se sutilmente na espreguiçadeira. Será que, de alguma forma, ela havia sentido o pico abrupto de adrenalina no sangue dele?

Raffa admirou o bom senso dela.

Mesmo assim, ele puxou uma cadeira e sentou-se de frente para ela.

Correr riscos fazia mais o seu estilo.

CAPÍTULO 5

LILY FECHOU o laptop como se isso fosse protegê-la daquele olhar aguçado.

Ela sentia-se vulnerável ali, longe do escritório. Longe de suas roupas! Ao pensar nisso, seus mamilos se enrijeceram contra o tecido de algodão da blusinha de dormir, em busca de atenção.

Quanto tempo faltava para que o corpo dela parasse de responder àquele homem viril e espetacular? Ela ansiava pelo dia em que o veria como um mero colega de trabalho, como os outros com quem lidava diariamente. Aqueles que, para sua surpresa, estavam se transformando em seus amigos.

Lily engoliu um gemido. Flagrada seminua por Raffaele Petri. Ainda bem que ele não tinha acendido as luzes.

Não que elas fossem necessárias. O luar era suficiente para que ela tivesse dificuldades em manter os olhos longe da pele que a camisa parcialmente aberta revelava. A combinação das roupas formais e do cabelo desgrenhado e os pés descalços deixava a masculinidade dele ainda mais potente do que o normal.

– Trabalhar para a concorrência implica fazer algo pelas suas costas – respondeu ela, a voz constrita pelo estresse. – Que estou deixando minhas responsabilidades para com você de lado.

– Então, *o que* você está fazendo?

Ela respirou fundo e ficou surpresa ao interceptar os olhos dele indo parar nos seus seios. Seus mamilos instantaneamente ficaram ainda mais proeminentes, como se tentassem chegar mais perto dele.

Lily disse para si mesma que era uma reação à brisa.

– Eu disse que tinha compromissos que impediam minha vinda a Nova York, mas você não me deixou escolha. – Este – ela apontou para o laptop – é um deles. Uma pesquisa para uma firma que está pensando em expandir os negócios para Brisbane. Eu estava revisando o relatório de um assistente meu.

– Assistente? Achei que você trabalhava sozinha.

Mais uma vez, Lily ficou surpresa por Raffaele Petri ter se dado ao trabalho de aprender sobre ela.

– Recentemente expandi os meus negócios. Há um ótimo mercado para pesquisas de qualidade. – Ele não disse nada, e ela se sentiu impelida a preencher o silêncio. – Não estou deixando seu trabalho de lado. Estou fazendo isso no meu tempo livre.

– À meia-noite? Isso não é jeito de tocar os negócios.

De todas as pessoas, era estranho ele estar passando um sermão nela sobre horários insanos de trabalho.

– Você acha que eu não sei disso? – Ela balançou a cabeça, finalmente libertando-se do olhar dele e virando-se para olhar a paisagem noturna cintilante da cidade. Ainda não conseguia acreditar que estava *ali*, em Nova York, na cidade que ela jamais havia acreditado que iria visitar. O que ela não daria por uma chance de explorar a cidade, de fazer parte da multidão anônima... Apesar da crescente facilidade em lidar com os colegas, esse ainda era um passo grande demais.

– Não tenho escolha. Não depois que você me chantageou para vir para cá.

– Era por causa *disso* que você estava relutante em vir? E não por causa de um homem?

Lily quase riu. Um homem? Não havia nenhum homem na vida dela. Eles não vinham bater à sua porta, apesar de sua beleza e charme. Nem mesmo aos 14 anos, quando seu rosto era imaculado, ela era popular com os garotos. Era muito comum, facilmente esquecível. Mais tarde, ela passou a ser notada pelos motivos errados. Aprendera, da maneira mais difícil, a não confundir simpatia com interesse.

– Vários homens, na verdade. – Era imaginação dela ou ele havia estreitado os olhos? – O varejista em Brisbane. O gerente de RH de uma firma de segurança querendo a verificação de antecedentes de possíveis funcionários. O chefe de uma...

– Clientes, você quer dizer.

– Sim. Todos importantes. É por isso que passo meu tempo livre trabalhando para eles.

– Mas nenhum deles é tão importante quanto eu.

Verdade. Nenhum deles tinha o poder de destruir a carreira dela.

– *Todos* os meus clientes são importantes. Eles esperam os resultados que eu já prometi entregar. Não aceito projetos que não posso cumprir com a mais absoluta qualidade.

– Mesmo que o projeto renda uma ninharia comparado com o que estou disposto a pagar?

Lily tentou não ranger os dentes. Que bom que ele era tão arrogante – isso neutralizaria aquela forte atração.

Uma pena ainda não estar dando certo.

– Você ficaria surpreso. Alguns de meus clientes são tão poderosos quanto você. – Recentemente ela havia trabalhado para um homem que poderia muito bem ser um concorrente de Raffaele Petri. Luca De Laurentis era outro empresário do ramo de resorts exclusivos. – Para que meus negócios cresçam, faz sentido eu cultivar quantas fontes de renda forem possíveis.

Lentamente – talvez relutantemente? –, ele assentiu.

– Quando você diz expandir, o que quer dizer? Mesmo que você pare de dormir, há um limite para o que pode fazer.

– É tão difícil assim me levar a sério como uma mulher de negócios? Em ver-me contratando funcionários? – O ressentimento embargava sua voz. O trabalho e o sucesso profissional significavam tudo para ela. Eram tudo o que ela possuía. Há muito ela havia percebido que não iria ter uma família.

Ele balançou a cabeça.

– Você é a pessoa mais focada que conheço, Lily. – Mais uma vez, ele havia conseguido transformar o nome dela em algo exótico, com aquele sotaque melódico de dar água na boca. – É que você prefere trabalhar sozinha, sabe.

– Você acha que não sei trabalhar em equipe?

– Não, eu não disse isso. Eu vi como você é meticulosa na hora de compartilhar informações, certificando-se de que todos estejam atualizados. Mas você prefere ficar sozinha.

Lily engoliu em seco, sentindo a garganta fechar-se. Ele estava certo. Ao longo dos anos, ela desenvolvera um apreço pela própria companhia. Com certeza ele a compreendia.

Ou talvez não. As pessoas o encaravam o tempo todo – mas por admiração, e não horror.

– Bem, para sua surpresa, eu contratei duas pessoas. – Meio período, era verdade, e ambos ainda estavam pegando o jeito da coisa. Mas para Lily aquele era um imenso passo adiante.

– Por quê?

Ela franziu o cenho. Ele não estava ouvindo?

– Você mesmo disse que há um limite para o trabalho que posso realizar sozinha.

– Por que expandir? Por que construir uma empresa quando você pode aceitar um emprego permanente aqui, por exemplo? – A voz dele ressoava com genuína curiosidade.

Lily encarou aquele rosto maravilhoso de anjo caído. Ninguém, nem mesmo seus familiares ou amigos, ou mesmo o gerente do banco, havia feito essa pergunta.

Lily descobriu-se de pé, encarando a bela piscina iluminada. Ela não conseguia se desvencilhar do desconforto. Seu coração batia com força, e ela sabia que era porque o interesse dele fazia diferença.

Apesar das diferenças, ela o respeitava – o faro nos negócios, o ímpeto, até mesmo a honestidade às vezes brutal. E o fato de ele não parecer se importar com a aparência dela. Ele a tratava como igual, apesar das posições que ocupavam.

Ela devia encerrar a conversa; estava começando a ficar íntima demais.

Lily então percebeu o quanto havia se afastado das pessoas que se importavam com ela. Na Austrália, ela havia atravessado o continente para fugir da superproteção claustrofóbica da família, que a amava de verdade, indo de Fremantle, na costa oeste, para a costa leste. Desde então, ela vinha focando no trabalho. Não tinha amigos próximos, nenhum confidente. Ninguém com quem compartilhar as esperanças e sonhos.

– Quero construir algo para mim mesma. – As palavras saíram por vontade própria.

Para sua surpresa, ele concordou. Um meneio curto com a cabeça, que pareceu diminuir a distância entre os dois.

– Eu quero... – Como ela podia colocar em palavras? – Segurança, a estabilidade que vem com o sucesso. Também quero...

– Reconhecimento.

Os olhos de Lily se arregalaram.

– Como você sabe?

– Soa familiar.

– Você? – Parecia impossível. – Mas você já tinha reconhecimento antes de começar seu negócio.

Os lábios dele se curvaram no que deveria ter sido um sorriso.

– Ser um rosto ou um corpo famoso, estampando campanhas publicitárias, não é o mesmo que ter reconhecimento verdadeiro.

– Reconhecimento pelas suas conquistas, você diz?

Outro meneio.

Seria ingenuidade admitir que ela nunca havia pensado na diferença entre as duas coisas antes? A presença midiática fenomenal de Raffaele Petri parecia a epítome do sucesso. Ser tão admirado, adorado...

Era como se ela estivesse lendo a mente dele.

– Ser conhecido pela aparência não é uma conquista. Ser alguém por causa de suas ações é outra coisa.

Havia algo conectando os dois, uma compreensão que ela nunca havia compartilhado com ninguém. Lily voltou a sentar-se, observando-o avidamente.

– Foi isso o que levou você a criar seu negócio? A necessidade de deixar sua marca? – Ela o admirou por isso. Teria sido fácil continuar sendo modelo. Abandonar o campo onde era tão requisitado e lançar-se em voo solo exigia coragem, assim como talento.

– Talvez. Eu queria estar no controle do meu futuro. Isso é difícil quando você é dependente dos caprichos dos anunciantes e gurus da moda, correndo o risco de estar obsoleto no ano seguinte só porque eles estão famintos por um rosto novo.

Lily piscou, atônita por ele estar compartilhando tal informação com ela. Será que ele também estava sendo afetado pela intimidade da semiescuridão?

– Não consigo imaginar você sem trabalho no mundo da moda por muito tempo. – Ele tinha um magnetismo ao qual ela não podia resistir, não importava o quanto tentasse.

Ele riu, e o som arrepiou a pele dela.

– É um mundo traiçoeiro. Não se deixe levar pelo glamour.

– Então você escolheu o ramo imobiliário pela segurança? – Foi assim que ele iniciara os negócios.

– Pode-se dizer que sim. Eu estava determinado a criar a minha segurança.

– Segurança?

Novamente, o curvar dos lábios que deveria ter sido um sorriso.

– Eu nasci pobre. É necessário muito dinheiro para parar de achar que você vai perder tudo e acabar na sarjeta novamente.

Lily assentiu. Ela sabia que ele não tinha nascido em berço de ouro. Mas pobre? Seria uma força de expressão?

– Construir meu negócio significava que eu poderia escolher meu caminho, fazer as coisas do meu jeito, e não depender de ninguém.

– Sei o que você quer dizer.

Ele sentou-se, e mesmo na semiescuridão ela pôde sentir seu olhar penetrante.

Lily segurou a respiração, esperando Raffa continuar. Mas ele não o fez. Parecia perfeitamente relaxado observando-a. Não havia nada entre eles além de alguns centímetros.

Abruptamente, a sensação elusiva de companheirismo se dissipou.

O silêncio se intensificou e os pulmões de Lily doeram por causa do esforço para respirar normalmente.

– No que você está pensando? – disparou ela, quando não podia mais aguentar.

Desta vez, ela viu um sorriso.

– Em como somos parecidos.

Ele tinha que estar brincando! Eles estavam em galáxias diferentes.

– Somos dois solitários.

Lily ficou fascinada com a resposta. Raffaele Petri estava sempre cercado por pessoas. No escritório, ele era o centro ao redor do qual todos orbitavam, ansiosos para atender às necessidades dele. E pela mídia ela sabia que ele estava sempre cercado de pessoas lindas e glamorosas, como se fosse um ímã.

Mas de quem ele era realmente íntimo?

– Nós dois queremos a segurança do sucesso. Nós dois queremos deixar nossa marca, em vez de deixar que o mundo nos julgue por nossa aparência.

Lily inspirou fundo, piscando repetidamente para aqueles olhos atentos. Ela nunca havia mencionado o problema que tinha desde a adolescência – das pessoas enxergando apenas a cicatriz dela.

E por que ela achou que ele nunca fosse entendê-lo?

Pela primeira vez, ocorreu-lhe que ele também carregava um fardo – muito mais leve, é claro, já que sua aparência devia lhe ter aberto muitas portas. De uma forma canhestra, eles estavam conectados – eram julgados pela forma como as pessoas os viam.

Lentamente Lily soltou o ar, e um pouco da tensão em seus ombros se dissipou. Ela assentiu.

Por isso é que ela gostava tanto de trabalhar em casa, em vez de num escritório. Quando as pessoas não podiam vê-la, elas a tratavam normalmente – sem pena, olhares furtivos ou embaraço.

Em seu novo trabalho em Nova York, era a primeira vez em anos que ela estava começando a sentir-se relaxada na presença de outros. As pessoas ali eram mais bacanas ou a confiança no próprio trabalho conquistada com muito custo a deixava menos preocupada com a reação inicial delas? O que quer que fosse, ela se sentia mais relaxada e aceita do que esperava. Era irritante admitir, mas a mudança forçada estava fazendo bem para ela.

– Nós dois também começamos nossos negócios próprios. Outro ponto em comum. – Não importava que o dele fosse um império multinacional e o dela, uma firma nova cheia de débitos. O princípio era o mesmo. – Sua carreira anterior o ajudou a recomeçar?

A risada dele foi curta.

– Não de início. Eu não era levado a sério. Eu era um rosto, e não um homem de negócios. Ninguém sabe a determinação que foi preciso para chegar aonde cheguei.

– As pessoas acham que ser modelo é fácil – comentou ela.

Ele se acomodou melhor na cadeira, erguendo a cabeça, e ela teve a sensação de que tinha perdido alguma coisa.

– Digamos que eu tenha pagado caro para sair do buraco de onde comecei minha vida. – Os traços dele ficaram mais brutos. – Foi duro convencer os investidores a confiarem em mim. Todo mundo esperava minha derrota.

– Mas não você.

– No começo, quando eu precisava de conselhos e investidores, ninguém me dava atenção. Depois, as coisas ficaram diferentes. As pessoas começaram a desejar uma parte daquilo que construí, mas daí eu já estava acostumado a trabalhar sozinho. – Ele deu de ombros. – Talvez ser forçado a ter uma carreira solo tenha sido uma coisa boa. Isso me tornou mais determinado e me fez aprender com os meus próprios erros.

– Você cometeu muitos erros? – Lily inclinou-se para frente, as mãos juntas entre os joelhos.

– Muitos. Eu tinha dinheiro, era cuidadoso com minhas finanças, mas acabei gastando demais em um projeto que gerou problemas. Minha situação ficou incerta por uns tempos.

Lily entendia muito bem.

– Mas você chegou lá. – Fervorosamente, ela esperava um dia também conseguir.

Ele ergueu a mão, com a palma para cima, em um gesto que parecia puramente italiano.

– Era a única opção que eu iria aceitar.

Isso não dizia tudo sobre ele? Segundo Pete, Raffaele Petri seguia a política de sempre conseguir o que queria. Será que ela possuía a mesma determinação para alcançar o sucesso?

– Você faz parecer tão fácil.

– Mas não foi. Eu me recuso a aceitar o fracasso; fiz o que foi preciso para ter sucesso.

Talvez fosse ridículo encontrar consolo no exemplo de um homem que havia interrompido os planos dela, que estava forçando-a a trabalhar duas vezes mais só para estar em dia com as obrigações. Mesmo assim, ela se sentia tranquilizada.

– Você já considerou focar uma área específica do mercado? – A pergunta a tirou dos devaneios.

– Desculpe, como?

– Sua área de atuação. Ela me parece muito ampla. Você está fazendo a verificação de antecedentes para uma firma de segurança, além de outros projetos menores. E também está trabalhando para mim, em uma área completamente diferente. Estou perguntando se você não gostaria de se especializar e se tornar a melhor no que faz, em vez de fazer várias coisas para várias pessoas.

Lily o encarou, surpresa. Em vez de ficar bravo por ela não estar se dedicando inteiramente ao projeto dele, ele estava interessado nos negócios dela? Oferecendo conselhos? Era uma oportunidade boa demais para ignorar.

– Especializar-me excluiria projetos lucrativos. – Como as verificações de antecedentes de que ela não gostava muito.

– Lucrativas a longo ou a curto prazo?

Ela não tinha pensado nisso.

– Lucrativas o bastante para pagar as contas enquanto construo meu nome nas áreas que quero.

– E você tem um plano para a transição, para trabalhar apenas com o que você gosta?

Lily hesitou. O plano de negócios dela era fazer mais do mesmo. Expansão geral, em vez de afunilamento. Seu foco era gerar o máximo de renda possível para garantir a segurança de sua empresa.

– Já entendi – disse ele.

– Há falhas no meu plano, não?

Ela não se sentia na defensiva. Aquela versão diferente de Raffaele Petri, sentado tranquilamente no jardim, não era tão intimidante como aquele com quem ela trabalhava diariamente. Ela quase se esquecia da atração que sentia por ele. Apesar do pulso acelerado e da apreensão, Lily nunca havia se sentido tão à vontade na presença dele. Como se ele não fosse mais uma ameaça.

Incrível o que o luar conseguia fazer. Ou seria porque o interesse dele era no trabalho de Lily, e não nela?

– Acho que você precisa revisar sua estratégia. A menos que queira ficar presa em um círculo vicioso, pegando todos os projetos que aparecem, inclusive os que não a interessam.

Lily passou a mão pelos cabelos, que deslizaram sobre um ombro.

– Estou farta de trabalhos que não me interessam.

– Isso se aplica ao meu projeto?

Rapidamente Lily balançou a cabeça.

– Não, estou amando trabalhar aqui. – Ela fez uma pausa, imaginando se estava soando desesperada. – Seus projetos são complexos e, por isso, fascinantes. Eu... *signor* P...

– Raffaele. Ou Raffa. Tenho certeza de que já passamos das formalidades.

Lily desejou que o rosto dele não estivesse meio oculto pelas sombras. Havia uma nota na sua voz que ela não conseguia reconhecer. Relutantemente, ela assentiu.

– Raffaele. – Era difícil. O nome dele era como um prazer ilícito para a língua dela. Como se ela estivesse ultrapassando algum limite. – Será que você...

– Será que eu...? – Ele inclinou-se para frente e sentiu o calor da respiração dela. Lily piscou, sobrepujada pela mera presença física dele. Pela beleza masculina que nem o pálido luar conseguia diminuir. Pela mente desafiadora dele.

O mais incrível era a forma como ele falava com ela: fazia com que ela se sentisse... importante. Como se ele estivesse genuinamente interessado nela.

O olhar de Lily recaiu naquelas mãos poderosas sobre os joelhos. Seu sangue fervilhou, e por um instante de devassidão ela imaginou o que aconteceria se ele colocasse uma daquelas mãos sobre a pele nua dela. Um estremecer de prazer atravessou seu corpo. Até que a sanidade retornou.

– Gostaria de saber se você tem algum conselho para me dar. Sobre como ou quando parar de aceitar qualquer projeto e começar a me focar em uma área.

O silêncio se estendeu por tempo demais, para o bem dos nervos dela. E, justo quando ela achou que tinha ido longe demais, ele falou.

RAFFA OBSERVOU Lily expor suas ideias, gesticulando, o luar mostrando a pequena cicatriz na mão dela. Mostrava também a cicatriz maior em seu pescoço. Mas nada que diminuísse a animação que a iluminava de dentro para fora.

Ela falava dos negócios com um entusiasmo que a maioria das mulheres destinava a um homem. Um entusiasmo que era difícil de resistir.

Paixão verdadeira era rara.

Ali estava ele, assistindo fascinando à metamorfose da funcionária certinha e tímida para uma mulher cujo brilho interno cintilava na penumbra. Ele se perguntou o que aquela mulher faria se ele a pegasse e a colocasse em seu colo.

A efervescência dela era excitante.

– Quando o relatório da propriedade de Bradshaw no Caribe estará pronto?

Ela ficou surpresa com a mudança repentina no rumo da conversa.

– Amanhã, pela manhã.

– Excelente. Você terá dez dias de folga depois. Isso lhe dará tempo para cuidar de suas outras responsabilidades. – Ele gesticulou para o laptop inerte. Assim, ele iria tê-la só para si. Ele precisava dela. Da experiência dela, ele garantiu para si mesmo.

– Dez dias? Mas estou trabalhando aqui há pouco tempo.

Os lábios de Raffa se curvaram para cima. Quem reclamava de ganhar folga?

– Não se preocupe. Seu trabalho está fazendo valer o dinheiro que estou investindo em você, e pretendo que as coisas continuem assim. Quando você voltar, nós estaremos em uma fase crucial do projeto, e eu precisarei de você vinte e quatro horas por dia.

Lentamente ela assentiu.

– Bem, eu *estou* por perto, então estarei disponível se precisar.

Raffa balançou a cabeça.

– Nós não estaremos em Nova York. Estaremos no Caribe, na propriedade de Bradshaw.

Ela congelou, arregalando os olhos.

– Nós?

– Isso mesmo. Nós. Quero você onde você possa ser o mais útil possível para mim.

Era uma decisão profissional delicada. Que não tinha nada a ver com a atração que ele sentia por Lily Nolan. Quase nada.

Ela abriu a boca, com a mesma expressão fechada de sempre, diferente daquela sob o luar. Mas ele não se importou. Agora ele sabia algo sobre a mulher viva, intrigante e estranhamente inocente por trás daquela fachada.

E mal podia esperar para conhecer mais sobre aquela mulher. Para descobrir seus segredos.

– E, antes que você faça uma objeção, essa é uma ordem, e não um pedido. Termine o que tem de fazer. Não quero que traga trabalho extra. Quero você completamente à minha disposição.

CAPÍTULO 6

– Por hoje é só. Obrigado a todos. – Raffaele terminou a videoconferência com uma palavra final a Consuela, em Nova York, sobre o contrato.

Lily espreguiçou-se. Estava cansada, mas realizada. Trabalhar com Raffaele era intenso – gratificante, mas um desafio.

Ele era um empresário dinâmico, e sua energia desde que eles haviam chegado à ilha de Bradshaw, incansável. Devia haver algum motivo pessoal. Ela sentia isso na maneira como os lábios de Raffaele se retorciam quando o sujeito era mencionado, e sua ânsia para que o projeto fosse concluído o quanto antes. Todavia, ele ainda relutava em compartilhar com ela todos os detalhes de seu plano.

– Muito bem. Hora de fazer uma pausa.

Ela ergueu o olhar e descobriu que ele estava observando--a. Seu olhar a fez se sentir totalmente inadequada.

Lily trabalhava arduamente para *não* pensar nele como um homem desejável. Mas era como tentar fingir que o sol não brilhava sobre a areia branca daquela ilha paradisíaca.

Eles estavam a sós em um bangalô espaçoso, um pouco afastados dos outros quartos espalhados pelos jardins frondosos do resort. O resto da equipe estava a milhares de quilômetros, em Nova York, e Lily sentiu uma pontada de culpa por ter ido sozinha acompanhá-lo. Até mesmo o bangalô menor dela era maravilhoso, com sua mobília colonial, a cama de dossel e vista para o oceano.

– Jantar no café à beira da piscina.

Lily podia imaginá-lo lá. Com uma camisa e uma calça de algodão branco casuais, ele se sentiria em casa entre as beldades de biquíni.

Ela revirou os olhos, pegando suas coisas.

– Divirta-se. Vou começar agora mesmo...

– Mais tarde, Lily. É hora de comer. – A voz doce viajou pelo corpo dela.

Ela forçou um sorriso.

– Vou pedir alguma coisa ao serviço de quarto. Quero começar enquanto as ideias estão frescas.

Para a surpresa de Lily, ele parou na frente dela e cruzou os braços, sorrindo, dominando o ambiente.

O pulso dela saltou. Não importava o quanto ela o visse, ele sempre tinha o poder de enfeitiçá-la. Ela já deveria estar imune a Raffaele Petri. Mas desde a noite na sacada as defesas dela estavam avariadas.

– Isso pode esperar. Comida, primeiro. Deixe suas coisas aqui por enquanto.

Ele estava convidando-a para jantar? Ela sentiu a eletricidade da excitação.

Ou seria nervosismo ao se imaginar no local mais badalado do resort sentada ao lado do homem mais maravilhoso do planeta? No foco da atenção de todas aquelas pessoas bonitas?

O revirar do estômago dela informava que eram as duas coisas.

– Obrigada, Raffaele. – Ela saboreou o nome dele por um instante. – Mas prefiro comer sozinha, organizando meus pensamentos.

– No seu quarto?

Ela levantou-se, mas ele entrou no caminho, deixando-os cara a cara, perto o bastante para que ela sentisse o calor emanando do corpo dele, abrasivo.

Seu aroma penetrou as narinas dela, evocativo.

A tensão espalhou-se por ela – real, viva, engolindo-a.

A verdade era que ela gostava dele como uma mulher gosta de um homem. O que era ridículo. Ele era atencioso e, sim, gentil, mas ele jamais...

– Escondendo-se de novo, Lily?

Ela ergueu o queixo, encontrando a verdade nos olhos dele. O ar congelou em seus pulmões.

– Não sei do que você está falando. – Não tinha como ele saber o que ela sentia por ele. Tinha?

RAFFA SENTIA o cheiro de medo. Aprendera cedo a reconhecê-lo, um legado da infância na pior parte de uma vizinhança pobre. Ele queria dizer para ela que estava tudo bem.

Mas não estava tudo bem; não se suas suspeitas estivessem corretas. Ele cerrou os punhos para não ceder à vontade de tocá-la. O impulso de reconfortá-la, tão inesperado e forte que o chocou.

Ele já fora muitas coisas para muitas mulheres.

Mas um conforto? Nunca.

Suas suspeitas eram tão intensas que ele havia se flagrado pensando mais nelas do que nos planos para Bradshaw. Nada, jurara ele, iria impedi-lo de conseguir fazer justiça por Gabriella. Pelo bem dela, e o de Lily, ele precisava resolver isso para voltar a se concentrar.

– Já trabalhamos juntos por tempo suficiente para eu saber ler o que se passa com você, pelo menos um pouco. – Ele nunca havia conhecido uma pessoa tão reservada. E ficava se coçando de vontade de descobrir seus segredos. – Sei que você tem medo.

Ele sentiu a pequena figura dela ficar tensa conforme as sobrancelhas se arqueavam.

– Não sei do que está falando.

Ele lhe deu pontos extras pela bravata.

– Acha que não percebi que você se esconde? – Ele balançou a cabeça. – Você nunca sai. Nunca. Em Nova York, fica em seu escritório ou na suíte de hóspedes. Quando outras pessoas falam do que fizeram no fim de semana ou quando se encontram para um drinque depois do trabalho, você nunca participa.

– Você *sabe* que eu não tenho tempo para isso. – Ela fez um gesto desdenhoso. – Estou trabalhando em tempo integral para você e tentando manter meus negócios vivos para quando eu voltar para casa.

O que era verdade, mas não a história toda.

– Você tem tempo para jantar comigo. Aqui. Agora. – Ele fez uma pausa. – A menos que esteja com medo disso também.

– "Também?" – Lily tentou sair, mas ele bloqueou o caminho.

– Vi você na praia ao amanhecer. – Diante da surpresa dela, ele aquiesceu. – Você não é a única que madruga.

A suspeita, ou o medo, enevoou aqueles olhos cor de âmbar.

– Você estava observando o mar, e inclusive entrou até os joelhos algumas vezes. Mas não mergulhou. Por quê? Dava para ver que você queria.

Ela vestia outra camisa de mangas compridas e uma calça cargo enrolada até os joelhos. Foi quando ele percebeu como ela deliberadamente camuflava aquele corpo esguio e atraente que ele havia visto no jardim.

Ele estava prestes a aproximar-se, quando percebeu a expressão dela, iluminada pela luz aveludada da manhã. Era um olhar repleto de tanta saudade, tanto arrependimento, que chegava a incomodar. Como se ele tivesse se intrometendo em algo muito pessoal.

A melancolia daquela figura solitária, de braços cruzados, permanecera com Raffa pelo resto da manhã.

– Eu *não* queria entrar. Só estava admirando. A vista era espetacular. Além disso, eu não trouxe roupa de banho.

– Você veio para um resort no Caribe e não trouxe roupa de banho? – A incredulidade respingava de cada sílaba que ele falava.

Ela ergueu ainda mais o queixo.

– Eu não tenho. E estou aqui a trabalho, lembra-se?

– Entendi. – Ela estava procurando desculpas novamente. Mais do que nunca, ele queria destruí-las.

– O que você entendeu? – A fúria vibrava na voz dela. Raffa preferia vê-la com raiva a vê-la com medo, ou abatida. Ver a infinita tristeza no olhar dela naquela manhã tinha sido como um soco no estômago. Ele se sentira... perdido, algo que ele não experimentava desde os 12 anos, quando Gabriella o deixara.

– Que você tem medo da água. Você não sabe nadar?

– Claro que sei nadar. Eu cresci no litoral. Aprender a nadar era compulsório.

Raffa a encarou, lendo a verdade nos traços dela. Agora eles estavam chegando a algum lugar.

Ele ergueu a mão, apontando para a cicatriz dela.

– Como isso aconteceu? Foi em algum acidente na água? É por isso que você não nada?

Lily deu um passo para trás, mas não conseguiu escapar por causa do sofá.

– Lily?

– Isso não é da sua conta. – A voz dela subiu meia oitava.

– Talvez não. Mas era hora de alguém perguntar. – Claramente os danos haviam afetado mais do que o rosto dela. Era uma pena uma mulher tão cheia de brilho e energia se anular tanto.

Mas por que ele estava fazendo questão de interferir? Desde quando tinha interesse em ajudar as pessoas?

– Só porque você é meu chefe, não quer dizer que tem o direito de xeretar minha vida.

Raffa não disse nada; ficou apenas parado, esperando.

Ele já tinha desistido da resposta, quando as palavras vieram.

– Não foi um acidente na água. Um babaca ciumento resolveu agir com um frasco de ácido.

Raffa não esperava palavras tão cruéis. Não conseguiu evitar imaginar as queimaduras naquela pele macia e doce, a dor excruciante. O choque e o sofrimento.

Que tipo de homem atacava uma mulher indefesa?

O mesmo que Robert Bradshaw.

Raffa cerrou os punhos, a dor irradiando pelos braços, os ombros e o pescoço.

– Seu namorado? – As palavras saíram entredentes.

Ela balançou a cabeça, seus longos cabelos balançando sobre o rosto.

– Da minha melhor amiga. Eu só estava no lugar errado na hora errada, sentada ao lado dela no cinema. Rachel foi o alvo, mas meus ferimentos me deixaram indo e vindo de hospitais por um bom tempo até todo o dano ser reparado. – A voz dela ficara frágil.

Como deve ter sido duro, pensou ele – não apenas a dor, mas a violência aleatória.

Ele sentiu vontade de abraçá-la e acalmá-la.

Como se ele tivesse alguma experiência em confortar uma mulher.

– Então, por que você não fez nada? – Havia algum motivo para ela não querer entrar na água. Ele tinha visto em seu rosto na luz do amanhecer. – Seria pelo mesmo motivo que você tenta desaparecer?

– Desaparecer? Eu estou aqui, não estou? – Sua voz lhe dizia que ele estava no caminho certo.

– Não o tempo todo. – Será que ela não percebia como sempre estava tentando desaparecer na multidão? – Às vezes, quando está envolvida em uma discussão ou um novo trabalho, você se esquece de se misturar ao cenário. Você se torna vibrante e persuasiva e... *presente*. – Ele sempre a notava, mas também notava a maneira como ela tentava não chamar atenção. – Mas me parece que você tem medo de ser vista.

Ela não disse nada. Sua vulnerabilidade fazia o peito dele doer.

– É por isso, não é? É por isso que você usa aquelas roupas que cobrem tudo.

Os olhos dela se estreitaram, deixando duas frestas de fogo ardente.

– Nem todos podem pagar por roupas de grife.

– Não estou falando de marcas, Lily. Você tem um corpo atraente, mas o esconde como se tivesse vergonha dele. Você por acaso trouxe algum short ou uma blusinha sem mangas para cá?

O silêncio dela dizia que não. As suspeitas se transformaram em certezas, para o horror dele.

– Nenhuma roupa de verão, nenhuma roupa de banho, porque você não quer que ninguém a veja. Você não quer entrar na água para não chamar atenção. Até mesmo ao nascer do sol, sem ninguém por perto, você não quis arriscar. – Raffa estava dividido entre a incredulidade e a pena, diante daquele olhar teimoso semicerrado.

– As coisas não funcionam assim, Lily. – Sua voz estava rascante. Ele estava abismado pelo quanto sentia por ela. – Você não percebe que, quanto mais você tenta se esconder, mais se destaca? Que as pessoas ficam olhando e se perguntando? Você acha que elas não a enxergam atrás dos cabelos longos e das roupas largas?

– Quem você pensa que é para me dizer o que usar e como me comportar? Se eu quero usar o cabelo solto ou mangas compridas, é uma escolha minha. Mesmo que isso desagrade um especialista em moda como você.

– E quando isso deixa de ser uma escolha? Quando você se nega o prazer de nadar porque tem medo de ser vista? Isso não é uma escolha, Lily. Isso é o medo controlando a sua vida.

Ela bateu a mão espalmada no centro do peito dele, como se pudesse empurrá-lo. Como se tentasse extravasar as emoções que vinha prendendo dentro de si com tanto afinco.

– Não se *atreva* a me passar sermão! – Sua respiração era rápida, esbaforida. – Você não sabe do que está falando.

O desconforto dela mexeu com ele. Era como se Raffa pudesse sentir a força das suas emoções. Há quanto tempo Lily vinha botando panos quentes sobre elas? A energia radiava dela como ondas de eletricidade.

– Então me diga. – Ele colocou a mão sobre a dela, sentindo seus tremores, mas ela provavelmente não percebeu.

Ela balançou a cabeça, seus cabelos roçando a mão dele como seda.

– Conte, Lily.

Finalmente o olhar dela encontrou o dele. Aqueles olhos feitos de âmbar explodiam como estrelas, cercados por um aro cor de mel. Únicos, hipnotizantes.

– O que você quer que eu diga? Que por metade da minha vida as pessoas me olharam como se eu fosse uma aberração? Elas não podem evitar me olhar. E falar comigo devagar e baixinho. Elas sentem tanta *pena* de mim que acreditam que minha aparência afeta a minha habilidade de pensar. E há aquelas que nem conseguem olhar para mim. Elas conversam comigo olhando o tempo todo para algum ponto atrás de mim, para evitar ver a cicatriz no meu rosto. Em apenas um dia eu perdi não só meu rosto, mas minha juventude, minha amiga, minha paz. A felicidade de ser *normal.*

Ela riu, um som amargo e artificial.

– Você não faz ideia dos empregos dos quais tive que abrir mão por causa da forma como as pessoas me olham. Um confeiteiro me deu trabalho por piedade, mas perdeu clientes porque eles não me queriam servindo-os. Acho que eu os fazia perder o apetite.

Raffa retesou o maxilar.

– Trabalhei em um escritório onde as outras meninas não se sentiam confortável comigo. A minha presença era muito... inquietante. – Suas palavras respingavam sarcasmo, e ele não podia culpá-la.

– Mas agora as coisas não são assim.

– Desculpe? – Ela o encarou como se ele estivesse falando em outro idioma.

– Você não está vivendo isso agora.

Ela bufou.

– Você vai me dizer que minha cicatriz subitamente desapareceu?

– Estou dizendo que, independentemente da sua aparência, você é uma mulher diferente agora. Você é confiante, capaz e bem-sucedida. Agora pode se defender. Quanto à cicatriz... – Ele ergueu a mão livre e colocou os cabelos dela atrás da orelha.

Lily instantaneamente congelou, a energia vibrante se transformando em um zunido de baixa frequência como se alguém tivesse desligado um interruptor.

A respiração dela, quente e doce, acariciou o rosto dele enquanto estudava a pele cicatrizada. Raffa tentou imaginar como ela era antes, o espanto que sentiria. Mas ele já estava tão acostumado que não conseguia enxergá-la de outra forma, nada além de uma parte dela.

– Já vi bem piores – disse ele finalmente.

Ela fechou a boca bruscamente, retirando a mão dele.

– Não consigo expressar como estou me sentindo melhor depois de ouvir isso!

Os lábios de Raffa se curvaram. Ele jamais havia conhecido uma pessoa tão pronta para atacar para se defender.

– Não estou sendo condescendente, estou falando a verdade.

– E essa verdade é para tornar a minha vida mais fácil, mas como? – Ela inclinou a cabeça ironicamente, com as mãos nos quadris. – Vejamos: eu vou ficar tão animada porque o todo-poderoso Raffaele Petri disse que já viu coisa pior que vou cortar meu cabelo, colocar um biquíni e passar o resto do meu tempo conversando com estranhos. E, miraculosamente, ninguém irá notar que um lado do meu rosto parece ter saído de um filme de terror.

Ela ergueu o queixo, invadindo o espaço dele.

– Caia na real, Raffaele. Você tocaria uma mulher como eu? Claro que não.

Ela abriu a boca para continuar, mas a fechou quando ele ergueu a mão e tocou sua bochecha. Ele viu seu corpo todo empertigar-se ao respirar fundo. Ela o encarou, de olhos arregalados.

Ele passou a mão sobre a pele quente, explorando, aprendendo o contorno da maçã do rosto e do queixo, da cicatriz e da pele imaculada macia como uma pétala. Finalmente o toque dele descobriu a rápida pulsação dela. Tão vital, fascinante.

Seu cheiro doce invadiu as narinas dele ao inclinar-se para mais perto, para avaliar aqueles olhos brilhantes, atraído pela inexplicável sensação de antecipação que pairava entre eles.

Então, abruptamente, ela se afastou do toque dele. Alguns passos rápidos e Lily estava do outro lado da sala, com os ombros tremendo.

Ele permaneceu no mesmo lugar.

O que tinha acabado de acontecer?

– Você não faz ideia do que foi a minha vida com essa cicatriz. Não se atreva a dizer que está tudo bem. Não preciso da sua condescendência.

Raffa ficou perplexo pelas emoções que ela evocava. Pena. Protecionismo. Excitação. Raiva. Algo mais. Ele só estava tentando ajudar. E o que ganhou em troca? Era o que dava tentar ser altruísta!

– Claro, você é a única pessoa do mundo cuja vida foi afetada pela aparência. – As palavras saíram antes que ele percebesse. – Você precisa parar de ter pena de si mesma, Lily. Essa cicatriz não pode influenciar sua vida inteira.

O arfar dela soou alto no silêncio. Mais uma vez, ela levou as mãos aos quadris e ergueu o queixo imperiosamente, como uma rainha avaliando seus domínios. Ou, dado o olhar fumegante, julgando um de seus escravos insubordinados.

– *Pena* de mim mesma? – Ela balançou a cabeça, sem tirar os olhos perplexos dele. – Não sei o que é mais insultante. Você fingir que, de alguma forma, eu fiz isso – ela apontou para o rosto – comigo mesma, ou você querer consideração por ter sido julgado pela beleza. Consideração de *mim*? – O tom dela dizia tudo.

Ela estava certa. Raffa não tinha do que reclamar. Mesmo carregando um fardo por ter feito o que tinha que ser feito para deixar a pobreza para trás.

– Você está absolutamente certa. Não tenho motivos para reclamar. Tenho tudo o que um homem pode querer, e mais. – Ele não explicou que ter tudo o que o dinheiro podia comprar não preenchia o vazio de um mundo centrado ao redor de si mesmo, e a suspeita, tardia, de que tal vazio iria um dia consumi-lo. – Mas acredite em mim, Lily, se você não mudar logo, nunca mais irá conseguir. Ou você deixa essa cicatriz definir quem você é, ou você corre atrás da vida que deseja apesar dela.

Raffa virou-se e saiu. Não estava interessado em emoções. Não estava interessado em cicatrizes, reais ou psicológicas. Estava ali por um único motivo vital. E era hora de agir.

Ele precisava esquecer os sentimentos *turvos* que Lily evocava e se concentrar em Robert Bradshaw. Justiça e vingança eram muito mais simples.

CAPÍTULO 7

NADA AJUDAVA. Lily passara metade da noite andando de um lado para o outro em seu bangalô, revivendo aquela conversa, pensando em respostas fulminantes, mas as palavras de Raffaele ainda a feriam como uma lâmina. Como a lembrança do ácido sobre a pele.

O trabalho também não ajudava. Não que ela tivesse conseguido fazer algo para *ele*; havia passado horas cuidando do próprio negócio.

Trabalhou durante a noite toda, mas nada conseguia impedir o eco das palavras dele em seu cérebro. Ou o medo, profundo dentro dela, de que ele pudesse estar certo.

Nos últimos anos, deveria ter sido mais fácil encarar o mundo, especialmente depois que a cirurgia diminuiu a gravidade da cicatriz. Mesmo assim, perversamente, cada ida à cidade era mais difícil do que a anterior. Viajar era um pesadelo de autoconsciência, e forçar-se a entrar naquele escritório de Nova York...

Lily balançou a cabeça, sentindo o toque tranquilizador dos cabelos sobre a bochecha. Ela precisava enfrentar ataques de pânico até mesmo para chegar à porta.

Você acha que eles não a enxergam atrás dos cabelos longos e das roupas largas?

Ela parou. Ele a havia acusado de ser covarde. Ela, que suportara tanta dor, tanto luto, só para encarar a revolta inconfundível, ainda que velada, de toda a comunidade, quando fora *ela* quem sobrevivera, em vez de Rachel. A linda e vibrante Rachel, a alegria da festa, a estrela das equipes de natação e debate, a intelectualmente dotada, a caminho de uma carreira de sucesso na área que escolhesse.

Rachel, sua melhor amiga.

Lily engoliu um soluço que estremeceu seu corpo inteiro.

Ela não gostava de sentir pena de si mesma. Não mesmo!

Havia trabalhado como uma escrava para erguer o próprio negócio e garantir seu lugar no mundo.

Um lugar seguro longe do mundo.

A um continente de distância da família e dos amigos que lhe restaram.

O ar deixou seu peito como se ela tivesse levado uma faca nos pulmões. Ela sentiu-se murchando e deixou-se cair sobre a cama. Doía respirar. Os cantos de sua visão começaram a ficar enegrecidos, e pontinhos brancos espocaram enquanto o mundo ficava cinza, escurecendo. A qualquer instante a escuridão iria consumi-la.

Então, respirou fundo, trazendo ar para dentro dos pulmões doloridos. O quarto voltou a entrar em foco. Pela janela, ela via a luz dourada do amanhecer refletida no mar que vinha até ela.

Raffaele estava certo.

Lily estava com medo. Mais do que medo – ela estava petrificada.

Quando isso tinha acontecido?

Estivera tão ocupada forçando-se a encarar o mundo, a encontrar um emprego, a construir uma carreira e ser independente dos pais amorosos e preocupados que não percebera quando o cansaço havia gradualmente se transformado em retraimento, a independência em isolamento e o conforto da própria casa em uma cela.

Relutantemente, ela virou a cabeça. Sobre a cama estavam os itens que arremessara no auge da raiva. Um funcionário da boutique do resort os trouxera em sacolas cintilantes, com laços prateados. Só uma pessoa poderia tê-los mandado.

Um chapéu de aba larga. Uma saia clara de algum tecido macio que deslizava pelos dedos dela como água fresca. Uma blusinha com uma etiqueta de marca, um maiô e uma saída de banho leve e esvoaçante para ficar de preguiça ao lado da piscina. Havia até um par de belas sandálias com fitas para amarrar ao redor dos tornozelos.

Tudo do tamanho dela.

Cada peça custava mais do que ela gastava com roupas durante um ano inteiro.

Todas zombando dela.

A ideia de Raffaele comprando-as e desafiando-a a usá-las a deixou ainda mais enfurecida.

Como ele sabia tanto sobre ela? Para uma mera funcionária, ele havia investido tempo e esforços para entendê-la como pessoa. Como alguém que importava. Ele a forçara a se reconhecer claramente pela primeira vez em anos.

A dor do autoconhecimento a partiu ao meio.

Cinco voltas na praia depois, o peito de Raffa estava pegando fogo, e seus braços e pernas pareciam gelatina de tanto nadar. Mas a exaustão não trazia nenhum alívio.

Ele passara a noite atormentado pelo rosto de Lily.

Quem ele achava que era para dizer como ela deveria viver? Por que ele achava que sabia como era ser Lily?

Às vezes, até Raffa ficava atônito com a própria arrogância.

Ele estava prestes a nadar em direção ao oceano mais uma vez, quando uma figura se aproximou. Uma figura com membros pálidos e cabelos compridos. A luz da manhã refletiu o bronze do maiô que envolvia o corpo incitante de Lily.

Iluminada pelo sol da manhã, ela balançou a cabeça para tirar os cabelos do rosto. Foi um movimento impertinente e determinado que fez o coração de Raffa saltar.

Os lábios dele se curvaram em um sorriso de orgulho. Ele não tinha certeza se Lily iria gostar dos presentes. Ela poderia muito bem ter se afastado ainda mais dele. Admirou a determinação férrea dela. Lily era uma adversária à altura. Então, lembrou-se de que ela não era uma concorrente, mas uma funcionária sua.

Exceto na batalha mais antiga de todas, a briga entre macho e fêmea.

Por quase dois meses, ele fingira que Lily Nolan era intrigante por causa da inteligência e da determinação em não se deixar intimidar pelo dinheiro e a posição dele. Mas não era só isso, ele não podia mais negar.

Lily entrou na água até a cintura, seu sorriso se intensificando a cada passo. O brilho do rosto dela o fazia se sentir como um *voyeur*, assistindo a um momento particular. Ele não conseguia desviar os olhos.

Com um movimento sinuoso, ela colocou as mãos sobre a cabeça e afundou. Raffa então a viu dar uma braçada com determinação. Respirando fundo, ele foi em direção à praia. Ele teria que sair pelas rochas, em vez de pela areia, mas ela merecia a privacidade.

LILY ESTREMECEU quando a brisa agradável do mar acariciou seu rosto e os braços e pernas nus. Apesar do sol, ela estava gelada até os ossos, tensa de apreensão. Não se sentia tão vulnerável desde o primeiro dia no hospital.

Escolhera a cadeira ao lado da piscina por audácia, provando para si mesma que não era a covarde que Raffaele pensava que fosse.

– Posso me juntar a você? – A voz dele, doce como caramelo, envolveu Lily.

Algo como alívio efervesceu nas veias dela.

Ele aparecera.

Não que ela estivesse esperando por isso, ela garantiu para si mesma.

Ela deveria estar furiosa com ele. Ela *queria* estar.

Mas também estava grata. Ele havia tirado a venda dos seus olhos.

– Tudo bem. Com você aqui, os outros hóspedes não vão olhar para mim.

Ou melhor, eles iriam se perguntar o que o homem mais lindo do mundo estava fazendo com uma mulher tão feia. A Bela e a Fera.

Mas ela lembrou-se de que isso não importava. Esse era seu mantra desde o amanhecer. Havia desistido de se preocupar com o efeito que exercia nos outros. Ou logo iria, garantiu para si mesma, depois que se acostumasse a ficar em público. Por ora, fingia ignorar o peso dos muitos olhares curiosos.

– Eles estão preocupados demais com o bronzeado para prestarem atenção em nós.

Lily bufou, incrédula. Ninguém conseguiria não notar Raffaele sentando-se ao lado dela.

Todavia, ela percebeu que o sorriso dele não era o mesmo confiante de sempre.

– Expresso – disse ele ao garçom, que se materializou ao lado deles. – E... – Ele olhou para o copo vazio dela.

– Outro suco de frutas, por favor, Charles. – Ela ergueu o olhar para encontrar os olhos do garçom, sentindo o sol nas bochechas desprotegidas. Em um momento de confiança, ergueu os cabelos para cima, usando todos os grampos que tinha na bolsa para prendê-los. Bastava de se esconder. A ideia parecia simples no bangalô, mas ali, sob o olhar de todos, ela sentia-se exposta.

– Já está íntima do garçom?

– Você desaprova? – Ela fechou os olhos, dizendo para si mesma que gostava do sol em seu rosto.

– De forma alguma. Muitas pessoas não se importam nem em descobrir o nome de quem os serve.

– Sou uma pesquisadora, lembra-se? Você ficaria surpreso com o tanto de coisas que descobri conversando com os moradores locais. A verdade é que eles são tão amigáveis que eu gosto de conhecê-los. – Eles a deixavam confortável apesar do ambiente.

– Lily?

Ela abriu os olhos e descobriu Raffaele próximo.

– Sim?

– Desculpe.

Lily o encarou, observando os lábios dele formarem a palavra, mas sem conseguir acreditar no que ouvia.

– Um pedido de desculpa? De Raffaele Petri? – Talvez ele não fosse o ogro que uma vez ameaçara destruir os negócios dela. Talvez fosse até bondoso.

A linha dos lábios dele formou um sorriso inseguro.

– Pela noite passada. O que eu disse...

– Não. – Ela balançou a cabeça. – Você estava certo. – A palavra parecia entalar-se em sua garganta. – Eu *estava* me escondendo. – Foi a admissão mais difícil que ela já havia feito.

Ele assentiu, os olhos fixos nela. Um tremor atravessou o corpo dela, e ela teve que refrear a vontade de jogar os cabelos sobre o rosto para se ocultar.

– Não estou pedindo desculpas por isso. Mas pelo que falei para você. Sinto muito. Eu estava irritado. Eu deveria ter sido mais sensato.

O queixo de Lily caiu. Ele não estava se desculpando pelo que fizera, mas pela forma como havia feito. Como devia ser ter tanta certeza de si mesmo?

Mas ela percebia a incerteza nos traços tensos dele. A cautela e o arrependimento. E isso abalava o equilíbrio do mundo pela segunda vez em vinte e quatro horas.

– Do que você está rindo? – Ele franziu o cenho.

– Nada. Eu... Obrigada. Acho que, se você tivesse sido gentil, eu não teria ouvido.

Ela devia muito a ele. Sem pensar, tocou levemente as costas da mão dele.

A energia instantaneamente subiu pelo braço dela, eriçando os pelos até a nuca.

Lily tinha certeza de que tinha ido longe demais. Não porque ele parecia desaprovar, mas por causa da onda de prazer que trazia o corpo dela à vida de uma forma completamente nova. Como um pequeno gesto podia ser tão devastador?

– Lily? – A voz grave vibrou por todas as zonas erógenas do seu corpo. Ela precisava se recompor. Era uma mulher de 28 anos, e não uma adolescente.

– Eu aceito suas desculpas. Odiei o jeito como você pediu, mas fico feliz. – Ela expirou, aliviada.

– Ei, não se cobre demais. Você é uma mulher notável, que já conquistou muita coisa. E não me refiro apenas ao seu trabalho para mim. – Ele apontou para a bochecha dela. – Lidar com isso exauriria qualquer um. Você se saiu maravilhosamente bem.

– Por que você está sendo tão gentil?

– Gentil? Estou sendo realista. O que você construiu para si mesma, a mulher que você é... Tudo isso exige coragem e determinação.

– Eu poderia dizer o mesmo sobre você. A sua também é uma jornada e tanto.

Seria imaginação dela ou a expressão dele havia se fechado? Estranho. Raffaele parecia sempre tão confiante e à vontade com qualquer assunto...

Mas logo ele ergueu a xícara e reclinou-se, colocando o braço sobre a cadeira ao lado.

Lily amaldiçoou a inabilidade de se concentrar. Aquilo era o mais próximo que ela havia chegado de um homem viril e atraente em seu apogeu.

Uma mulher do outro lado da piscina parou de chofre e o encarou, antes de recuperar a pose e a toalha caída. O fato de não ser a única afetada pela beleza de Raffaele não ajudava.

Isso a deixava... possessiva. Ele estava ali com *ela*, mesmo que só a negócios.

– Isso foi em outra vida. – O sorriso dele foi breve, mas estonteante. Ela não pôde deixar de sentir que ele o usava para distraí-la.

Ele não queria falar do passado? Lily o compreendia. Ela abriu a boca para perguntar se ele desejava comprar o resort de Robert Bradshaw, mas ele falou antes.

– Você precisa ter cuidado com o sol. – Ele apontou para a saída marrom e dourada. – Sua pele é como creme.

Aquilo era um elogio ou uma acusação? Um lembrete de que ela vivera os últimos anos enclausurada em casa, usando o trabalho como desculpa para não sair?

Pela primeira vez em muitos anos, Lily sentiu-se corar. Aquele olhar era diferente de tudo o que ela já havia experimentado. Os homens não a olhavam dessa forma. Nunca.

– Onde está o chapéu que eu lhe dei? Você deveria usá-lo.

– Não preciso de uma babá, Raffaele.

– Que bom. – Sua voz rouca acionou um alarme em uma área do cérebro dela nunca antes acessada. – Pois eu não me sinto nem um pouco como uma babá.

A expressão de Raffa arrancou o ar dos pulmões dela, enviando seu corpo em um vórtice em espiral. Lily agarrou com força os braços da cadeira. O olhar dele estava deixando-a... cheia de desejos.

Seus mamilos se eriçaram, e ela cruzou os braços. Seria excruciantemente horrível se ele percebesse.

– Por falar nisso, estou lhe devendo pelas roupas. Sei que você as comprou só para me desafiar a sair de minha zona de conforto, mas tenho que lhe pagar.

Mais uma vez o olhar dele a estudou, com a precisão de um perito. O que ele enxergava além do rosto marcado dela? Um corpo pálido demais, sem nenhum atrativo comparado ao das mulheres que ele conhecia? Claro.

– É para o prazer de ver você nelas.

– Como? – O som da cadeira dela arranhando a pedra quase obliterou seu chiado.

– Eu disse que queria vê-la nelas. Você tem um corpo adorável, Lily. E deveria se orgulhar dele.

Ela balançou a cabeça.

– Você não precisa dizer coisas que não são verdadeiras. – Ele não fazia ideia de como estava sendo cruel. De como uma mulher que jamais havia ouvido um elogio assim ansiava que aquilo fosse verdade.

Lily passara a vida toda ouvindo que a beleza verdadeira é a interior. Mas alguma parte patética e juvenil dela ansiava ser bela. Pelo menos uma vez.

– Acha que estou mentindo? – As sobrancelhas negras se juntaram. – Você me conhece, Lily. Eu sempre falo o que penso.

Raffa inclinou-se para frente, acabando com a distância entre os dois. Aqueles olhos a prendiam no lugar como estacas.

– Você tem um corpo lindo, Lily, e eu gosto de olhar para você. *Essa* é a verdade.

CAPÍTULO 8

RAFFA A observou deixar o terraço da piscina, por um caminho que atravessava os jardins. Tinha a cabeça erguida, as costas eretas, os quadris bamboleando convidativamente. Ela era tão sensual quanto qualquer modelo que ele já tinha conhecido.

Mais do que isso. Não havia nada de artificial em Lily. Ela era inteiramente autêntica.

Desejável.

Cabeças se viraram para acompanhá-la. Raffa viu mulheres se aproximarem para cochichar, suas expressões variando entre simpatia e horror.

Sem dúvida, Lily tivera muita coragem em ficar sentada ali sozinha, sem nem ao menos um chapéu para disfarçar a cicatriz. Mas para cada sussurro feminino ele flagrava um olhar masculino. Alguns descarados, outros discretos, mas todos fixos no remexer daquele corpo.

Raffa tentou analisar o que nela despertava sua libido. O gingado dos quadris? Os seios firmes? As pernas longas e torneadas? Talvez a forma como a voz dela ficava rouca quando ela estava irritada. Ou o misto de curiosidade e vulnerabilidade que a mantinha em alerta.

Pela primeira vez, ele estava atraído pela mente de uma mulher, não só pelo corpo.

Ela o despertara da apatia sexual; ela o impedia de se focar em Bradshaw da forma como deveria – Lily era uma distração que ele não conseguia ignorar. E o pior de tudo é que ela também despertava outros sentimentos – proteção, preocupação, carinho. Sentimentos extintos no dia em que sua infância havia terminado. No dia em que Gabriella fora encontrada morta.

Ele reclinou na cadeira, atordoado pela simplicidade devastadora do que encarava.

RAFFA ESTAVA perdido em pensamentos quando algo lhe chamou a atenção. Um dourado brilhante cascateando em ondas sobre as costas de uma mulher, reluzindo ao sol conforme ela se movia.

A emoção esmagou seu coração, interrompendo por completo sua respiração. Ela moveu-se novamente, braços esguios erguendo os cabelos em um gesto que ele conhecia da infância.

Gabriella.

Raffa abriu a boca até que um instinto, mais primitivo do que lógico, o refreou. Chamar acabaria com a mágica.

Ele queria correr até ela. Despejar desculpas por não ter se comportado melhor, por não ter apreciado a sorte de tê-la. Por tê-la afastada naquela noite. Ele tinha 12 anos novamente, e estava desesperado. Sentia culpa e remorso, vergonha e esperança.

Até que ela voltou a se mover, e o encanto se quebrou.

Não era Gabriella.

Claro que não. Gabriella estava morta há vinte e um anos. Ainda assim, por um instante, ela estivera viva novamente.

A jovem saiu da piscina. Seu andar não era o de Gabriella. Assim como aqueles cabelos longos e o corpo magricela eram diferentes dos da irmã. Uma coisa elas tinham em comum: a garota era adolescente, por volta de 16 anos, muito mais jovem do que o homem a ajudando a sair da água.

Raffa estava prestes a se virar, quando reconheceu o homem de rosto carnudo e mãos gordas. Mãos que envolveram a cintura dela.

Robert Bradshaw. O homem que ele evitava desde que havia chegado. Não tinha interesse em vê-lo até que estivesse pronto para agir.

A mente de Raffa voltou para aquele dia, vinte e um anos atrás, quando Bradshaw insistira para que Gabriella entrasse em seu iate. Na manhã seguinte, Gabriella estava morta.

Ele ouviu o barulho e olhou para baixo, para o copo que havia derrubado.

Bradshaw também ouviu e virou-se. Cochichou para a jovem antes de deixá-la.

– *Signor* Petri. Que bom vê-lo finalmente. – Estendeu a mão, mas Raffa o ignorou, abaixando-se para recolher os cacos.

– Deixe. É para isso que temos empregados. – O inglês virou-se conforme um garçom se apressava com uma vassoura e uma pá. – Já era hora!

– Está tudo bem. – Raffa acenou para o garçom. – Foi culpa minha.

– Estava querendo conversar com você. – Bradshaw deixou-se cair na cadeira. – Temos muito o que discutir. Excelente ideia ter vindo até aqui pessoalmente antes de fechar o negócio. É uma beleza, não?

Por trás do ar de tranquilidade, Raffa detectava tensão. Bom. Já era um começo.

– É bem tranquilo. – Bradshaw franziu o cenho, desgostoso pelo comentário de Raffa. Ele não era um bom negociador.

– Venha jantar em minha casa para nos divertirmos. – Ele inclinou-se para frente. – Vou dar uma festinha privada. Tenho certeza de que vai gostar.

Raffa balançou a cabeça antes de Bradshaw parar de falar.

– Não será possível. – Ele não se deu ao trabalho de se explicar.

O sorriso de Bradshaw diminuiu.

– Esta semana, então. Avise-me quando você estiver livre para discutir sobre negócios. Enquanto isso, relaxe, divirta-se. – Ele inclinou-se perto o suficiente para Raffa sentir o cheiro de suor e pós-barba caro.

– Gostaria de uma companhia feminina durante a estadia? Com total discrição. – Como Raffa não respondeu, ele continuou, olhando para a piscina. – Uma bela novinha. Loira, talvez? Ou ruiva? É só dizer.

Raffa sentiu-se nauseado. Agarrou-se ao metal da cadeira para não atacar Bradshaw. Um milagre que só foi possível porque ele sabia que Bradshaw iria pagar caro no final.

– Não – disse Raffa. – Vim para cá em busca de paz de espírito.

Abruptamente se levantou, mal prestando atenção no falatório de Bradshaw dizendo para que se encontrassem. Raffa assentiu e foi embora. Disse para si mesmo que a tensão ajudaria nas negociações, mas, na verdade, não tinha estômago para ficar perto daquele sujeito.

CAPÍTULO 9

Ver Bradshaw deixou um gosto amargo na boca de Raffa. Ele queria que tudo acabasse logo. Mas, depois de mais discussões a longa distância com a equipe, ficou sabendo que alguns detalhes ainda precisavam ser ajustados antes de Bradshaw ser destruído. Pelo menos isso iria deixar Bradshaw ainda mais desesperado.

Quando Lily bateu à porta no bangalô para a reunião matinal, o alívio o atingiu como uma onda. Raffa precisava de uma distração do ciclo vicioso de seus pensamentos – e ele não tinha certeza se ela iria aparecer, depois dos acontecimentos do dia anterior.

Ele não podia explicar, mas, desde que vira Bradshaw e a garota na piscina, estava inquieto, ridiculamente ciente das emoções que o sobrepujavam. A calma o invadiu como se a pele grossa que ele vinha cultivando há anos tivesse sido arrancada. Ele sentia... Ele *sentia!* E não era só ódio por Bradshaw.

Lily hesitou na porta, dando-lhe tempo para sorver sua beleza e refrear a vontade de puxá-la para mais perto.

– Que bom que chegou. Temos muito o que resolver.

Lily pareceu ficar tranquilizada com o tom de voz dele.

– Isto é para você. – Ela lhe ofereceu um envelope.

Seria uma carta de demissão? A ideia o fez esquecer Bradshaw completamente. Será que ele tinha ido longe demais? Ela era como um porco-espinho, eriçando-se quando ele se aproximava demais. Mesmo assim, Raffa sabia que ela o desejava tanto quanto ele a desejava. Se ao menos ele conseguisse baixar as defesas dela...

Ele abriu o envelope.

– Dinheiro?

– Pelas roupas. – A voz dela estava tão tensa como seus ombros.

– Considere-as um benefício. – Ele estendeu o envelope para ela. – Eu insisti para que você viesse para cá.

Ela balançou a cabeça. Pela primeira vez, os cabelos não caíram ao redor dos ombros. Ela os havia prendido para cima – com tanta força que seria um milagre se ela não estivesse com dor de cabeça.

Definitivamente sugestivo, a *piccola istrice* dele. Seriam muito afiados os espinhos dela? Era o que ele se perguntava.

– Eu compro minhas próprias roupas.

– Mesmo não as tendo escolhido?

– Eu as aceitei, portanto pagarei por elas. – Ela levou a mão ao pescoço enquanto falava. Um sinal de nervosismo?

De repente, ele ponderou como deveria ser difícil para Lily revelar-se dessa forma.

– Certo. – Ele jogou o envelope na mesa e puxou duas cadeiras. – Agora, vamos começar. Quero revisar todos os detalhes.

COMO SEMPRE quando trabalhavam juntos, o tempo passou voando.

Não houve olhares furtivos ou comentários pessoais. Eles voltaram a ser chefe e funcionária, como Lily tanto ansiava.

– Quando você se reunirá com Robert Bradshaw?

– Na hora certa. – A voz dele era rascante.

– Você está deliberadamente adiando? – Ele havia enlouquecido a equipe para que o acordo estivesse pronto o quanto antes.

Uma sobrancelha arqueou-se.

– Agora não é o melhor momento. Estou esperando o novo pedido de crédito dele ser negado. Assim, ele estará mais suscetível aos meus termos.

– Mas e se ele não for recusado?

– Oh, ele será. – Os olhos de Raffa brilharam de uma forma que a perturbou. Ela então se lembrou de que eles estavam falando de Robert Bradshaw.

Ela não gostava nem um pouco do inglês. Nascido em berço de ouro, ele aniquilara a fortuna por meio de seus excessos. Suas poucas tentativas de tocar os negócios que havia herdado terminaram desastrosamente, e agora ele estava à beira da ruína. Nada que pudesse ser notado em seu estilo de vida esbanjador.

Raffa reclinou-se na cadeira, entrelaçando as mãos atrás da cabeça. O movimento atraiu a atenção dos olhos dela para seus ombros largos e os músculos da barriga e do peitoral.

– Eu dei o primeiro passo vindo até aqui. Foi suficiente. Não tem por que deixar Bradshaw achar que vai conseguir tudo o que deseja. – O veneno escorreu da voz de Raffaele ao dizer o nome do inglês, confirmando as suspeitas dela. Ela só precisava descobrir o motivo da rixa entre os dois.

– Ele está desesperado atrás de um sócio para investir na recuperação deste resort. Ele mesmo reconhece que os lucros poderiam ser melhores. E este é o último recurso dele.

– Quanto mais esperar, mais desesperado ele ficará.

– A menos que ele encontre outro parceiro. É um risco calculado não se precipitar. O resort é um investimento atraente.

Lily assentiu. O lugar era um paraíso. Ela não se surpreenderia se alguma das outras empresas para as quais ela trabalhava, como a De Laurentis Enterprise, se interessasse.

– Mas ele quer você, pois você tem o Toque de Midas. – Os hotéis de Raffaele eram sinônimos de luxo discreto que atraíam os maiores milionários em busca de refúgio longe dos *paparazzi*.

– Seria uma pena reformar este lugar. Ele é maravilhoso do jeito que está. – Seu olhar foi atraído para a praia além dos jardins verdejantes. Para a surpresa dela, o céu tinha ganhado um tom índigo; era mais tarde do que ela imaginava.

– Ele precisa ser modernizado para atrair a clientela que Bradshaw quer.

– Igual ao bar da piscina? – Lily comprimiu os lábios. Enquanto o resto do resort tinha um charme rústico com seu estilo colonial, o bar era ostensivamente moderno, com seus azulejos negros, as luzes de neon e as cadeiras de metal elegantemente desconfortáveis.

– Foi a única tentativa de Bradshaw de modernizar o resort. O sujeito não tem noção.

– E o que você faria no lugar dele?

– Reduziria o número de bangalôs, por exemplo. – Ele respondeu de imediato. – As pessoas pagam pelo privilégio da privacidade. E cada *villa* teria sua piscina própria, spa, mordomo e um chef. Um restaurante realmente fabuloso, com novas versões dos sabores tradicionais locais. O resort teria o melhor de tudo.

– E o que mais? – Ela inclinou-se para frente.

Raffaele balançou a cabeça.

– Não importa. O importante é fazer com que Bradshaw aceite minha proposta. – A voz dele tornara-se fria.

Lily encostou-se. Era tolice sentir-se desprezada. Ela não iria estar envolvida quando Raffaele colocasse seu plano em ação. Mas havia se deixado levar pelo entusiasmo dele, querendo mais.

Lily levantou-se.

– É hora de ir embora.

Ele também se levantou.

– Eu pedi que o jantar fosse servido para nós aqui.

Jantar? Com Raffaele?

Lily sentiu o coração batendo com força contra as costelas.

– Nós já terminamos por hoje, não? A menos que você queira que eu faça alguma coisa. – Ela começou a pegar suas coisas.

– Há sim, na verdade.

Ela olhou para ele.

– Sim?

– Quero que você jante comigo.

Lily o encarou.

– Por quê?

– Quero a sua companhia.

Seus dedos agarraram o laptop. Ela não sabia como agir ou o que fazer com a excitação que sentia. Engoliu em seco. Com certeza, ela estava exagerando. Raffaele tinha um séquito de lindas mulheres. Era risível achar que ele estava atraído por ela.

Patético.

– Preciso ir embora. – Antes que agisse como uma tola.

– Você já disse isso. – Ele cruzou os braços, e então ela reparou que ele estava bem no caminho da porta.

Quando Lily ergueu a mão, Raffaele agarrou seu punho. Lily ficou imóvel, exceto pela onda de eletricidade que atravessou o seu corpo, até as solas dos pés.

– O que você quer, Raffaele?

– O que você acha que eu quero? – Era a voz dos sonhos dela, sedutora, cheia de desejo.

Impossível!

Ela desvencilhou-se e se afastou, arfando.

Ele estava flertando com ela. Encarando-a com aquele olhar que havia transformado uma única foto em uma campanha multimilionária para uma marca de roupas masculinas. O impacto nela era devastador.

– Pare, Raffaele! Eu não... – Ela balançou a cabeça, desejando não ter prendido os cabelos para cima, desejando poder se esconder atrás deles.

– Não o quê?

Não flerto. Ela não sabia como. Não tinha experiência. O que tornava aquele joguinho dele ainda mais cruel.

– Do que você tem medo, Lily? – A voz dele acariciou a pele dela, como uma seda, deixando-a formigando.

Você.

E de tudo o que você me faz sentir.

– Eu achava que nada a perturbava, Lily. Você é tão focada, tão independente.

Os oceanos dos olhos dele ardiam com aquele calor que mexia com todos os instintos femininos que ela passara quatorze anos suprimindo.

– É disso que você tem medo? Ele aproximou-se e, inclinando a cabeça, seus lábios roçaram os dela. Eram lábios perfeitamente esculpidos, com o gosto do Paraíso. Ele então deslizou a língua pela linha entre os lábios dela.

As pálpebras de Lily estremeceram, pesadas por causa do desejo que a atravessava, crescendo inexoravelmente, expandindo-se, atordoando todos os sentidos. Ela nem ao menos respirava.

Lily forçou os olhos a se abrirem. Aquelas profundezas capturaram-na; era como se ela tivesse se aventurado longe demais no oceano. Só que ela não estava afundando, mas flutuando, propelida por uma antecipação que ameaçava estilhaçá-la se ele não colocasse um fim nisso e a beijasse de verdade.

– Não tenho medo – mentiu ela.

Ela estava aterrorizada. Exultante. Empolgada. Curiosa.

Lily colocou a mão sobre o peitoral musculoso dele. Sob sua mão, batia uma pulsação que parecia vagarosa se comparada com a dela. Ele era *real*. Não um amante fantasma dos seus sonhos.

– Lily. – A voz dele era tão grave que Lily a sentiu reverberando na barriga. Ele colocou a mão sobre a dela, em seu peito.

– Isso é um erro.

Ela deu um passo para trás, mas ele a seguiu. Arrepios desceram pelas pernas dela até o ponto entre as coxas, onde uma pulsação completamente diferente acontecia – rápida e sedenta.

– Admita, Lily. Parece *certo*.

Os dedos dele envolveram os cabelos na base do pescoço dela, mantendo sua cabeça fixa.

O tempo começou a passar de forma infinitamente mais lenta. Lenta o suficiente para saber que, apesar da mão dele, ela podia virar a cabeça e escapar a qualquer momento.

Mas ela não se moveu. *Parecia* ser o certo. Mais do que isso, parecia algo inevitável. Por que fingir que ela não havia passado semanas imaginando como seria beijar Raffaele?

Os lábios dele tocaram os dela novamente, e de novo, e mais uma vez, antes de selarem a boca de Lily. Por um instante, ele a manteve completamente imóvel. Ela absorveu o aroma rico de sua pele, o gosto delicioso de sua língua, o corpo rijo dele contra o dela, a gentileza da mão dele em sua nuca...

Então, fechando os olhos, ele mergulhou naqueles lábios partidos. Eles tremeram conforme ela se agarrava a ele, aturdida pelo deslizar de sua língua e as ondas intoxicantes de desejo.

Enquanto deslizava a língua por entre os lábios dela, uma onda de adrenalina, de *alguma coisa*, incendiou o sangue dele. A pulsação entre as pernas dela acelerou, os mamilos contra a pele dele tão sensíveis que ela quase arfava a cada respiração dele. Ela estava pegando fogo.

Seria possível chegar ao clímax só de beijar?

Um tremor poderoso percorreu o corpo dela, um suspiro silencioso no êxtase do momento. Um suspiro de rendição conforme Lily se entregava, beijando um homem pela primeira vez.

Ele apostava que ela era deliciosa, um incêndio por trás daquela desconfiança reservada.

Mas ele ainda não estava preparado. Sentiu o corpo delicioso dela tremer sob suas mãos, mas não de medo; não com aqueles beijos.

Língua com língua, quadril contra quadril, coração com coração... Ela era tudo o que ele esperava e mais. Aquele perfume de peras frescas misturado com o almíscar do corpo dela, e o gosto... Ele não sabia descrever o corpo dela.

Há quanto ele não sentia aquela espiral de desejo? Aquela ânsia infindável de possuir uma mulher?

Lily pressionou o corpo contra o dele. Sua avidez era diferente de tudo o que ele já tinha visto. Raffaele estava acostumado com mulheres indiferentes em relação ao sexo, que gostavam, mas nunca se surpreendiam. Ele sentia o choque e o deleite de resposta de Lily, como se fosse a primeira vez.

Você tocaria uma mulher com eu?

Claro que não.

Então, um instinto lhe avisou para não tirar vantagem daquela euforia. Da inexperiência daquelas mãos e daqueles lábios.

Não podia ser verdade.

Nenhuma mulher chegava aos 28 anos sem ser beijada. Mesmo assim, uma parte do cérebro dele reconhecia que Lily beijava como uma virgem.

O choque fez o estômago dele revirar. O desejo e a culpa se misturaram em um nó desordenado que sufocou seu peito.

Ele se afastou, arfando, sentindo a ardência nas costelas. Olhou para os lábios entreabertos dela, suculentos e rosados. Quase voltou sua boca à dela, cego de vontade.

Mas se forçou a pensar. A observar.

A respiração dela estava bem mais desigual que a dele, e os olhos fechados. Ele também olhou para a cicatriz dela, que ela chamava de feia, algo saído de um filme de horror. Para ele, porém, era só uma parte de Lily, como a forma como ela franzia o nariz quando ele dizia algo de que ela discordava.

Seria verdade que nenhum homem tinha chegado perto dela por causa da cicatriz?

Ou talvez ela estivesse muito na defensiva para permitir que alguém se aproximasse. Isso era mais plausível.

Ela abriu os olhos de chofre, procurando-o com uma intensidade que fez Raffa sentir cada um dos bem vividos 33 anos.

Ele mal conseguia se lembrar de como era ser virgem. Nunca havia beijado uma virgem na vida.

Estremeceu ao ver a esperança nos olhos dela. A inocência, finalmente exposta.

Ela confiava nele.

Raffa pensou nas coisas que havia feito para chegar aonde estava, os acordos escusos, *especiais*. Ele era marcado de formas que Lily jamais saberia.

Horrorizado, ele deixou as mãos caírem quando um novo pensamento surgiu.

Será que ele, em algum nível inconsciente, compreendia a inocência de Lily? Estaria ele atrás dela da mesma forma que, anos atrás, uma empresária calejada correra atrás da inocência de Raffa, assim como de seu corpo jovem?

A bile subiu pela garganta dele, e o gosto de ácido obliterou o gosto da inocência dela.

Ele sabia o que era prazer inocente?

– Raffaele? – O sussurro dela mexeu com a libido e a consciência dele – duas entidades que estavam dormentes há muito tempo. – O que foi?

– Você está certa. Jantarmos juntos é uma má ideia. – Ele limpou a garganta, forçando as palavras a saírem. – É melhor você ir embora.

Ela deu as costas antes que ele terminasse de falar, deixando a *villa* em segundos. Mas não antes de Raffa enxergar a dor nos olhos dela. Ele ficou parado no mesmo lugar em que ela o deixou, atordoado por um golpe invisível.

O pior de tudo era saber que ele não poderia consertar a situação. Ele não conseguia ser o homem de que Lily precisava.

CAPÍTULO 10

HORAS DEPOIS, Lily ainda se encolhia ao pensar na maneira como havia se agarrado a Raffaele, implorando por mais.

Ela sentira tanto desejo que achou que fosse explodir. Outro beijo daqueles e ela teria chegado ao clímax ali mesmo. Experimentar um prazer tão incandescente quase fazia valerem a pena os anos de espera.

Raffaele era um mestre das artes sensuais. Por isso ele não quis continuar com aquele experimento – ela estava afobada demais, perdida na maravilha do beijo dele.

Vinte e oito anos, beijada pela primeira vez!

E a última, se aquela noite fosse um indicador.

Lily murmurou e começou a caminhar de um lado para o outro no quarto escuro. Não havia perigo de tropeçar em nada; ela já havia refeito os mesmos passos milhares de vezes.

Por que, Deus, por que ela havia se deixado levar? Por que ela havia permitido que ele a convencesse de que, depois de todos esses anos, as coisas haviam mudado e a cicatriz dela não importava? Da parte dele, aquele beijo era mera curiosidade, e ela havia se aberto para a dor.

As costelas pareciam apertar o coração disparado de Lily. Ela acreditava que Raffaele era diferente. Preocupado, apesar da expectativa manifesta de conseguir tudo o que queria. Ela nunca havia imaginado que ele fosse cruel.

Mas o que ele tinha feito para ela naquela noite...

Oh, pare com isso! Você estava louca de vontade de beijá--lo. Você não pode culpá-lo por se afastar. Só porque você está caidinha...

Lily afastou o pensamento com violência. Ela *não* iria entrar nesse assunto. Não agora. Nunca.

Ela iria fazer o que sempre fazia. Juntar os cacos, sacodir a poeira e seguir com a vida. Enterrar-se no trabalho. Esforçar-se para alcançar o sucesso.

Só que ela havia esquecido o laptop na *villa*, e nada, nem mesmo um tsunami, iria fazê-la voltar.

Olhou para a janela, para a areia alva e o brilho negro da água. Havia uma maneira para que ela extravasasse aquela energia infindável, todavia. Rapidamente, ela cruzou o quarto, despindo-se. No caminho, agarrou o biquíni, afastando qualquer pensamento que envolvesse o homem que o havia lhe dado de presente.

Estava prestes a sair para a praia, quando viu alguma coisa no pátio particular da *villa*.

Alguma coisa não; alguém.

– Há quanto tempo você está aqui? – A adrenalina invadiu sua corrente sanguínea, deixando-a atordoada. Ela registrou o calor residual das pedras do pátio sob os pés, a pulsação, o arrepio na pele, respondendo à proximidade de Raffaele. E o toque da língua dele, uma iguaria que sua lembrança se recusava a descartar.

– Há pouco tempo. Achei que você estava dormindo.

– Não quero você aqui. – As palavras saíram do fundo da alma ferida dela.

– Eu sei.

– Então, por que você está aqui? – Lily levou as mãos à cintura, encontrando conforto na indignação.

– Queria me certificar de que você está bem.

– Sentado no escuro?

– Não queria deixar você sozinha. Eu me sinto... responsável.

Era ridículo como isso machucava.

– Sou adulta, Raffaele. – Ela queria amaldiçoar o poder que ele tinha sobre ela. As coisas não deveriam ser assim. Ela deveria odiá-lo.

– Não precisa se sentir responsável. – Por um instante, ela sentiu o peso dos anos de solidão, tendo de cuidar de tudo por conta própria. – Não espere por mim. Eu vou nadar.

Ele bloqueou o caminho dela com um passo.

– À noite?

Lily ergueu o queixo.

– Você não é o meu guardião. Agora, com licença. Vá concentrar-se em Robert Bradshaw. Ele é o motivo para você estar aqui.

– Você não pode nadar agora, é perigoso demais. – As palavras soavam como vidro sendo estilhaçado por uma bota. – E se você tiver cãibra e não tiver ninguém para ajudá-la?

Uma raiva ardente como lava a atravessou, por ele fingir se importar. Ela passou por ele e continuou.

Porém, dedos fortes agarraram seu punho, fazendo com que ela parasse.

– Raffa. Me. Solte. Agora.

– Lily, me ouça, eu...

– Não. – Ela virou-se, encarando os traços dele agora iluminados pelas estrelas, lindos como sempre. – Não, *você* vai me ouvir, Raffaele. Posso ser diferente das pessoas que você conhece. Posso *parecer* diferente. Mas mereço respeito. Não sou uma aberração, pronta para entretê-lo no seu tempo livre. Eu...

– *Per la Madonna!* – O rugido dela encheu o ar. – Não fale assim.

– Por que não? É verdade.

– Não é verdade!

Abruptamente ela se sentiu cansada. De que adiantava ouvir Raffaele justificar o próprio comportamento?

– Deixe-me em paz, Raffaele. Vá embora.

– Lily. Eu juro que não é o que você está pensando.

– O que é, então? – Ela sabia que não deveria perguntar. A resposta apenas esfregaria sal na ferida, mas ela não conseguiu evitar.

– Tudo foi tão... inacreditável. Eu nunca senti...

– Não se *atreva!* Lily libertou a mão da dele, tapando os ouvidos. – Não minta. – Ela girou nos calcanhares, cambaleando pelo caminho de areia.

Desta vez, o braço inteiro dele a deteve, envolvendo a cintura dela, puxando-a para trás, de encontro à sua figura alta. O calor e os músculos dele queimaram as costas dela.

– Não é mentira. Beijar você foi a melhor coisa que eu fiz em anos.

Lily balançou a cabeça. Como ela podia manter-se forte, com ele usando palavras como aquelas? Apesar da indignação, os joelhos dela bambearam.

– É, foi por isso que você se afastou, como se estivesse fugindo. Foi por isso que você me mandou sair.

– Eu disse para você ir embora porque você merece coisa melhor.

A risada amarga dela atravessou a noite.

– Melhor? Você só pode estar brincando. Você só não gostou da forma como eu beijo, um lembrete de que era a feia da Lily Nolan que estava em seus braços.

Ele esbravejou em italiano, prendendo a cintura dela com mais força.

– Você não tem ideia do que está falando. Se eu não gostei, por que estou reagindo assim?

Ele pressionou o corpo contra as costas dela, e Lily pôde sentir uma enorme ereção entre as nádegas. Ela engoliu em seco, de olhos arregalados, abismada com o tamanho.

Naquele instante, com apenas um pedaço de tecido entre eles, ela sentiu a própria inexperiência como um ferro em brasas. A sensação se acumulando entre suas pernas parecia ser insaciável.

– Por acaso parece que eu não gosto de você? – Ele se esfregou contra ela ainda mais. A sensação da excitação dele contra a pele nua dela era diferente de tudo o que ela já havia sentido. – O que você me diz, *cara mia*? Você está me deixando louco. – Desta vez, os lábios dele tocaram a orelha dela, provocando uma onda de arrepios de prazer.

– Eu não entendo.

– Não? Você pode ser virgem, mas não é inocente, Lily. Você consegue *sentir* o quanto eu a desejo.

Os arrepios se transformaram em um tremor poderoso que a chacoalhou da cabeça aos pés.

– Mas você me afastou. – Será que ele também tinha ouvido a dor que ela tentava ocultar?

– Claro que eu a afastei. Você merece alguém melhor.

Ainda assim, o braço dele não a deixava ir embora. Ela precisou de todas as forças para não arquear as costas, esfregando-se ainda mais nele.

– É a segunda vez que você diz isso – arfou ela. – E não faz o menor sentido.

– Você é inocente. Merece alguém que saiba valorizar isso, que possa transformar sua primeira vez em algo especial.

– E você não pode?

A risada dele foi breve e curta, falsa. Ele deslizou a mão pela barriga dela, e Lily se agarrou a ela com as duas mãos.

– Não tenho experiência com a inocência, Lily. Não sou o homem certo para você. – As palavras dele eram determinadas, finais, com a ressonância do metal.

– Não acredito em você. – Ela soltou o braço dele e virou-se, roçando os seios nas costelas dele. O peso da ereção de Raffa dificultava o raciocínio dela.

Ela então deslizou a mão por entre os dois, envolvendo o sexo dele. Para sua surpresa, ele pulou na mão dela como se tivesse vida própria. Ao flexionar os dedos, ela foi recompensada pelo silvo de choque de Raffaele.

– Não, Lily. Você precisa de alguém especial para a primeira vez, alguém diferente de *mim*.

Ele colocou as mãos nos ombros dela e a afastou.

– Não. Eu quero...

– Eu também quero, mas há um jeito melhor. Você vai encontrar alguém...

– Não fale besteira. Não haverá mais ninguém. Nunca houve, e nunca haverá.

Por um instante longo e doloroso, ela esperou pela resposta dele, que não veio.

Exausta, ela se afastou.

– Vá embora, Raffaele. Já estou farta. Não consigo seguir sua lógica. Você diz que me quer, mas se recusa a me ter. Você diz que as aparências não importam, mas elas importam. Você e eu sabemos que sim. – Ela deliberadamente virou o lado marcado do rosto para ele. – Do contrário, você nem teria hesitado.

Lily ouviu a derrota na própria voz e soube que havia chegado ao limite. A caminho da porta, ela parou e disse:

– Eu nunca tive essa escolha com um homem, e nunca terei.

Só uma vez Lily queria paixão, mesmo que só por uma noite. Ela queria sentir-se tão próxima de um homem quanto era possível para uma mulher, experimentar o prazer físico das mãos de um homem. Não por pena ou caridade.

O pior de tudo é que ela queria isso com Raffaele. O homem por quem ela temia estar se apaixonando.

Seus ombros saltaram quando ela refreou um soluço.

A porta da *villa* abriu-se facilmente e ela sentiu a areia sob os pés ao pisar nos azulejos frios. Raffaele veio atrás dela, bloqueando a porta.

– Por favor, vá embora. – Ela não estava com estômago para mais conversa. – Quero ficar sozinha.

Ele puxou a porta da mão dela e a fechou, prendendo os dois na escuridão.

– Não posso...

– Shh. Está tudo bem. – Mãos grandes seguraram o ombro dela e a trouxeram para mais perto, e aquele perfume exótico o invadiu, instigando um desejo feroz terrível.

– NÃO ESTÁ nada bem. Por favor, vá embora. Por favor.

A dor de Lily partia o coração dele.

Raffa sentiu a fragrância sutil, doce como fruta, da pele dela. E não podia permitir que ela acreditasse que sua aparência o havia enojado. Isso só reforçaria os pensamentos negativos que ela nutria por causa da cicatriz.

– Não vou a lugar algum.

– Mas você disse...– Os lábios dela acariciam o pescoço dele, enviando ondas de sensações até sua virilha.

– Eu disse que deveria ir embora. Mas não consigo. Eu quero você demais.

Mais tarde, ele iria se arrepender. E Lily também. Mas agora não havia mais volta.

Dobrando os joelhos, Raffa a pegou nos braços. Lily era feita de curvas sinuosas e pele macia. Ela havia deixado as cortinas abertas. Quando seus joelhos encontraram o colchão, ele a abaixou e deitou-se sobre ela, entrelaçando seus membros deliciosamente.

– Você não precisa fazer isso. – A voz dela era metade choque, metade insinuação.

Uma sensação estranha, que ele não conseguia identificar, enterrou-se em seu peito, mais forte que o orgulho e o protecionismo.

– Você está errada. Eu preciso fazer exatamente isso.

– Mas...

Raffa interrompeu as palavras com a própria boca. Um instante depois, ela estava correspondendo aos seus beijos com um fervor que estilhaçou sua última tentativa de se conter. A chama do desejo consumiu os dois, fazendo com que ela se contorcesse sob ele.

Ela é virgem. Isso não significa nada para você?

A preocupação distraiu vagamente seus pensamentos, enquanto deslizava a alça do biquíni dela sobre o ombro, despindo-a.

Um instante depois, o seio dela estava na mão dele, perfeito, deleitável. Ele inclinou a cabeça e lambeu o mamilo eriçado dela, sentindo Lily sobressaltar-se na cama. Ele tinha achado o gosto da boca dela viciante, mas isso... Isso deixava-o na fissura.

– Por favor – gemeu ela, agarrando-se a ele conforme Raffa sugava seu mamilo.

A ereção dele latejava sobre os quadris dela. Mais um pouco e ele chegaria ao clímax antes mesmo de tirar a roupa. O orgulho lhe dizia que eram suas habilidades de sedução que a deixavam tão transtornada; a lógica dizia que era o celibato de longo prazo que estava fazendo a sua parte.

Vinte e oito anos e virgem. A onda de desejo era a maior que Raffa sentia em anos, mas ele tinha certeza de que para ela aquela noite era ainda mais importante. Por isso, decidiu que faria de tudo para torná-la especial; aquela era a noite dela.

Raffa então libertou o outro seio e tomou os dois nas mãos, sob o olhar transfigurado dela, chupando um e depois o outro, arrancando prazer dela até achar que ia enlouquecer. O cheiro incitante do prazer feminino enevoou os pensamentos dele enquanto retirava o biquíni, passando pela barriga macia e os ossos dos quadris. Sua mão roçou a seda entre as pernas dela, fazendo-a estremecer. Lily estava mais do que pronta.

Mas Raffa não se apressou. Ele foi enrolando a peça até tirá-la indolentemente pelas pernas dela, familiarizando-se com o arco do pé, o tornozelo delicado, a panturrilha torneada. Quando ele subiu pelos joelhos dela com beijos, Lily gemeu.

– Por favor – murmurou ela. – Preciso de você.

A ereção dele estava desesperada dentro das roupas. Mas Raffa não se despiu; ele não confiava em si mesmo.

Aproximando-se, ele sentiu a tensão aumentar. Lily choramingou quando ele a beijou lá, agarrando os cabelos dele. Ele mal a tinha tocado, mal tinha dado uma lenta lambida, quando sentiu o leve tremor do corpo dela transformar-se em uma convulsão de êxtase.

Ela gemeu o nome dele roucamente ao aceitar o prazer que ele lhe proporcionava. Os tremores de prazer, o gosto dela em sua boca, o contorcer flexível e incontrolável sob ele eram dádivas mais preciosas do que ele tinha imaginado. E a forma como ela o puxava para ainda mais perto, mãos e pernas agarrando-o, envolvendo-o como se ela não pudesse suportar a distância...

Será que ele já tinha se sentido assim?

A resposta era um ressoante não.

Ali, centrado nela, cercado por sussurros esbaforidos e membros trêmulos, ele descobriu, para o próprio espanto, que era muito melhor dar do que receber. Ele *queria* satisfazê-la.

Gentilmente, ele acariciou as curvas úmidas dela. Ela ainda respondia ao seu toque com um sobressalto, tão sensível.

Como ele poderia resistir a um convite daqueles?

Sua experiência íntima e enciclopédica do corpo feminino não era digna de orgulho. Ele a adquirira por necessidade, para obter sua própria satisfação sexual rapidamente. Mas, naquela noite, ele tinha muito que agradecer a ela. Cada deslizar de seu corpo sobre o dela, cada encorajamento sussurrado, tinha o único propósito de tornar a primeira experiência sexual dela memorável. A gratidão o preenchia a cada sussurro, a cada soluço. Até que ela finalmente deixou-se cair, profundamente cansada.

A virilha dele estava pegando fogo, sua ereção impossivelmente inchada, mas mesmo assim ele se conteve.

Aquela noite era dela.

Sem conseguir acreditar em si mesmo, ele deitou-se ao lado dela. Era hora de deixá-la dormir.

– Não.

– Você está acordada?

– Como eu poderia dormir?

– Feche os olhos. Você dormirá logo. – Raffa tirou os cabelos da testa molhada dela, sentindo uma onda inédita de ternura.

Dedos surpreendentemente fortes seguraram o seu pulso. Na escuridão, ele captou o brilho do olhar dela.

– Nós ainda não terminamos. Eu quero você, Raffaele. Não quero mais ser virgem.

Raffa desejava Lily com todas as fibras de seu ser. Mas um homem decente a deixaria para um parceiro que, algum dia, lhe daria algo mais além de sexo – o relacionamento que ela merecia. Um homem oposto a ele.

– Não sou um caso de caridade, Raffaele. Não me faça me sentir como um. Achei que você... também quisesse.

Ela fazia alguma ideia de como ele estava se segurando? Claramente não.

– Ou essa é alguma tentativa elaborada de não magoar meus sentimentos? Havia orgulho na voz rascante dela, mas também dor e provocação.

– Você precisa aprender sobre os homens, *tesoro*, se você acha que eu não a quero. – Ele tirou a mão dela de seu punho e a colocou sobre o peito, sobre o coração, que galopava.

Os olhos dela se arregalaram, e então ela sorriu, lenta e amplamente, com o poder de uma sedutora por natureza.

– Então me mostre.

Quando menos percebeu, ele já estava nu, colocando a proteção que pegou da mesinha de cabeceira. Então ele se pôs sobre ela, pele contra pele, ossos e músculos sobre sua doce feminilidade. Raffa tremia como se fosse a primeira vez, como se estivesse aterrorizado em fazer alguma coisa errada.

– Pode ser um pouco desconfortável. – Seu sussurro gutural foi incompreensível conforme ele se posicionava sobre ela, pronto para penetrá-la.

– Você está me dizendo que vai doer. – Ela ainda riu, como se não sentisse o esforço para se conter em cada movimento dele. – Tudo bem, eu não vou quebrar.

Raffa então deslizou para dentro daquele espaço profundo, escorregadio e apertado que se abria ao seu redor, recebendo-o.

Não houve arfar de dor, de choque, apenas um momento de resistência antes do Paraíso.

Raffa tentou respirar fundo, acalmar a pulsação, a sensação aguda de desejo. Só que Lily frustrou suas tentativas ao envolver os braços ao redor dele, erguendo as pernas para grudar-se nele.

– Isso. – O sibilar quente queimou sua orelha quando ela esfregou a bochecha contra a dele. – Assim. Por favor.

Foi tudo o que foi preciso para que Raffaele Petri, conhecido pela experiência sexual e estâmina, versado nas artes carnais e velho demais para se deixar levar pela impulsividade, desmoronasse sobre ela, rendendo-se com um rugido de prazer angustiado que fez o mundo girar até desaparecer.

CAPÍTULO 11

Raffa não teve certeza do que o acordou, mas pela primeira vez na vida não estava com pressa de se levantar. Ficou ali deitado, de olhos fechados, confortável e satisfeito.

Então se espreguiçou e imediatamente se deteve, registrando o corpo quente ao seu lado. Curvas femininas, perfumadas e incitantes.

Lily.

Seus olhos se abriram para um olhar sério e questionador feito de âmbar.

O choque o esbofeteou.

Ele havia passado a noite na cama de Lily. Nunca passava a noite com mulher nenhuma.

Lembranças o bombardearam, vívidas, intoxicantes, de Lily se entregando repetidas vezes. E de si mesmo, completamente fora de controle.

Ele percebeu que havia colocado uma coxa sobre o quadril dela, prendendo-a. Era como se, mesmo durante o sono, ele não conseguisse deixá-la. A ereção poderosa contra a barriga dela não o deixava mentir.

– Pelo visto, você não esperava me ver. – A voz dela era desprovida de qualquer emoção. Então era assim que começava, os joguinhos das mulheres. As chantagens emocionais.

– Eu não esperava ver ninguém. Eu durmo sozinho. – Ele detestava se explicar.

– Então você deveria ter ido embora na noite passada. Esta é a minha cama. Eu não o convidei, se bem me lembro.

– Eu me lembro bem.

Ele sentia-se nervoso, como da primeira vez que havia deixado as ruas familiares da infância, sem saber que perigo espreitava na esquina seguinte. Agora ela o encarava como se ele fosse algo preso em seu sapato.

– É hora de você ir. Está ficando tarde.

Raffa não gostou das lembranças que a voz dela evocava. Fazia muito tempo desde a última vez que uma mulher tinha lhe mostrado o caminho da rua depois que seus serviços não eram mais necessários. Sentiu a explosão de uma mágoa ancestral, como se ele fosse jovem novamente, frustrado e com raiva de si mesmo por ter sido usado, mesmo que essa tivesse sido a única maneira de fugir do buraco onde havia nascido. Vergonha por ter obtido prazer físico quando a honra ditava que era algo proibido, pois havia troca de dinheiro.

Raffa afastou as lembranças. Aquele era um lugar que ele não visitava.

– Por quê? Está com vergonha de alguém me ver saindo assim tão cedo de sua *villa*?

Os olhos dela se arregalaram.

– Estou salvando a sua reputação.

Conforme falava, ela levou a mão aos cabelos, puxando-os sobre o rosto.

Instantaneamente, como se um punho gigante tivesse lhe dado um soco no plexo solar, a indignação de Raffa se desintegrou.

Mesmo depois da noite anterior, depois de ele ter mostrado repetidas vezes como ela era linda, o quanto ele a desejava, Lily ainda não acreditava.

* * *

– Você ainda acha que seu rosto me repele? – A voz dele era um rosnado baixo. Como se houvesse um tigre no quarto. Seus olhos se acenderam com tanta intensidade que Lily sentiu-se quase ansiosa.

Não havia motivo para estar ansiosa. Ela tivera o tipo de noite que jamais havia acreditado que pudesse ter, descobrindo a intimidade com o único homem que a seduzira a abaixar suas defesas. Amara cada minuto, e iria carregar as lembranças pelo resto de seus dias.

Agora, havia chegado ao fim. A bondade da noite anterior acabara. Ficou óbvio no instante em que ele abrira os olhos e se afastara.

Era hora de seguir adiante.

Não era como se ela esperasse que ele fosse querer um *relacionamento* com ela.

– Acho que este é um novo dia, e é hora de... – Lily não sabia como descrever a noite anterior. Especialmente depois que eles haviam dormido juntos, nus, com a coxa dele aprisionando seu quadril enquanto o sexo dele pressionava seu estômago. Ela mantivera as mãos unidas, os nós dos dedos tocando o peito dele ao respirar fundo.

– Você está dizendo isso porque está com medo.

– Medo? – Ela olhou dentro daqueles olhos semicerrados, sentindo-se afundar naquelas profundezas azuis. – De quê?

– A noite passada foi real.

Ela abriu a boca para protestar, mas ele levou a mão até a pele lisa e protuberante da cicatriz. Lentamente ele a deslizou da têmpora até o queixo, investigando cada detalhe.

A pulsação de Lily dançava dentro do corpo congelado de pavor.

– Não. Não há necessidade.

Ele balançou a cabeça.

– Há sempre a necessidade, Lily. – Ele inclinou-se para frente, sua respiração afagando os lábios dela. Como se automaticamente, as pálpebras dela se abaixaram, em antecipação ao beijo. Mesmo brava e magoada, ela não conseguia evitar.

O que ela não esperava é que ele beijasse não os lábios dela, mas a bochecha. A bochecha feia, mutilada.

Ela tentou se afastar, mas ele insistiu, beijando-a deliberadamente da bochecha ao maxilar, o canto da boca, indo em direção à orelha. Não havia um centímetro dela que Raffaele não tocara.

Lily não conseguia respirar; o corpo poderoso dele impedia que ela virasse. A dor subiu pela garganta. Finalmente ele se afastou, e o ar deixou os pulmões dela com pressa. Era demais para ela. As lágrimas começaram a se formar.

Com uma súbita onda de energia, ele a afastou com as duas mãos, libertando-se.

– Pare de fugir.

Lily ficou imóvel, fechando os olhos enquanto procurava se acalmar.

– Não estou fugindo. Só não quero que você finja...

– Finja o quê? Estar atraído por você? Não ver a marca no seu rosto?

A marca! Como se fosse uma pinta ou um borrão, e não uma...

– Sim! – A palavra sibilou quando ela se voltou para ele. – Não quero que você finja mais. Embora eu aprecie o que você fez por mim noite passada. Não pense que eu não gostei.

– Você aprende devagar, Lily. Quantas vezes eu preciso dizer que não dou a mínima para a sua cicatriz? Ele parou, seu escrutínio tão intenso que ela pôde senti-lo. Então, ele balançou a cabeça. – Você está se escondendo atrás disso, não está? Você está usando isso como desculpa.

– Não sei do que você está falando. – Desesperada, ela se afastou para o canto da cama.

– É mais fácil fingir que é a cicatriz que está impedindo-a de viver. Porque você é uma covarde.

Lily congelou. Até mesmo o coração dela pareceu congelar.

O que aquele homem queria dela?

Quantas vezes ela teria que se provar para ele?

Ela havia deixado seu refúgio e atravessado o globo por insistência dele. Havia usado as roupas que ele comprara. Havia se exposto de corpo e alma para os olhares curiosos. Desde o início, havia algo em Raffa que a desafiava a alcançar as expectativas dele. Como se ele soubesse que ela era mais forte do que ela se percebia.

E agora ela havia entregado a virgindade para ele – havia implorado que ele a tirasse, no mais completo abandono.

– Você está me afastando porque não quer admitir que espera mais de mim.

Lily fechou os olhos com força.

Como ele sabia? Seria ela tão transparente assim?

– Por que você está dizendo isso? – Ela não reconhecia a própria voz.

– Porque eu sinto o mesmo.

Espantada, Lily virou-se. Os olhos dele estavam sérios, a boca, comprimida em uma linha.

– Não estou entendendo.

A risada amarga dele a feriu como unhas afiadas.

– Nem eu. Mas só sei que não estou pronto para deixá-la, e também não acho que você esteja pronta. Essa... atração entre a gente está longe de acabar.

Lily franziu o cenho, a esperança e o horror lutando pela supremacia.

– Você não parece muito animado com isso.

– Não era o que eu havia planejado.

Lentamente ela assentiu. Sabia o que era ter seus planos alterados de uma hora para outra.

Ele colocou a mão sobre a dela.

– Talvez seja hora de deixarmos rolar. Fazer algo não planejado e ver o que acontece.

Ele estava falando consigo mesmo ou com ela?

– E o quê? Termos um caso? – Ela soava tão empertigada. Tão fria. Tão diferente da mulher que havia derretido nos braços dele.

Raffa inclinou-se, aproximando-se.

– Pode chamar do que quiser, mas eu quero mais. A menos que você esteja com medo.

Claro que ela estava com medo. Quem sabia o que aconteceria se ela cedesse mais uma vez à fraqueza por aquele homem?

Uma onda de calor se expandiu no estômago dela. Excitação. Desejo. Avidez.

E algo mais na região do coração. Não podia ser amor, não depois de tão pouco tempo.

– Não estou com medo. – Pelo menos a voz dela não estremeceu.

Um sorriso surgiu no canto da boca dele.

– Prove. Agora.

Abruptamente, ele virou-se de costas, esparramando-se de pernas abertas sobre os lençóis, levando as mãos com uma graça lânguida até atrás da cabeça. Ele era desavergonhadamente viril. Os olhos dela focaram os músculos rígidos, a ereção e o brilho das safiras quando ele lhe lançou um olhar de soslaio.

– Erga os cabelos.

Lily odiava receber ordens, mas o rosnado rouco de Raffaele era a coisa mais deliciosa que ela já tinha ouvido. Ela pegou alguns grampos da mesinha de cabeceira e prendeu os cabelos atropeladamente.

– E uma camisinha. Sobre o criado-mudo. – O rosnado se intensificara.

Vinte e quatro horas atrás, quem pensaria que ela estaria fazendo aquilo? Uma risada chocada tremeu nos lábios dela, sob o olhar atento de Raffa, esparramado sob o sol, relaxado como um gato, apesar da atmosfera de pura expectativa.

Ela abriu a boca para dizer que nunca tinha colocado uma camisinha, mas seria inútil. Raffaele sabia, e estava desafiando-a.

Ajoelhada sobre ele, ela se concentrou na tarefa. Inevitavelmente se atrapalhou, ouvindo-o respirar fundo.

– Eu o machuquei? – Ela reparou no maxilar retesado e nas narinas dilatadas dele.

– Pelo contrário... – Ele engoliu em seco.

Ela continuou, compreendendo que era excitação o que ela estava criando. Ela, Lily Nolan, estava seduzindo Raffaele Petri, levando-o ao limite do autocontrole.

Lily ergueu-se dos joelhos e se posicionou sobre ele. Raffa não se moveu, apesar dos músculos das pernas e braços retesados. Ela hesitou, desejando que ele a ajudasse, que lhe desse alguma sugestão, mas claro que ele não o fez. Ele queria vê-la no controle. A ideia era despudoradamente deliciosa.

Com uma das mãos segurando a cama, ela lentamente abaixou-se, até seus corpos se tocarem. Ela viu as chamas nos olhos mais do que azuis dele, e também a pulsação se acelerar. Então, vendo que ele a observava, ela se acomodou, abrindo bem os olhos enquanto Raffa a preenchia, lenta e maravilhosamente. Uma proximidade deliciosa, muito maior que o ato físico do sexo. Ele preenchia também o coração dela, deixando-a emocionada a ponto de quase chorar.

Se Lily pudesse guardar aquele momento para sempre, ela guardaria. Mas logo ela estava esbaforida, movendo-se para cima e para baixo, esfregando-se contra ele, suas pálpebras tremelicando conforme as chamas lambiam seu corpo. As mãos de Raffaele foram parar nos quadris dela, estabilizando-a quando vieram os tremores e a hesitação, deixando que ela ditasse o próprio ritmo.

De repente, veio-lhe a ideia de satisfazer Raffaele também, devolvendo pelo menos um pouco do prazer que ele havia lhe dado na noite anterior.

Plantando as mãos nos ombros dele, ela inclinou-se para frente. O olhar dele fixou-se no balançar firme dos seios dela, o brilho neles tão poderosamente incitante quanto a sensação de seus corpos se movendo em perfeita harmonia.

Lily pegou uma das mãos dele e colocou sobre o seio. Imediatamente os dedos dele o agarraram, exigentes, provocando uma onda de prazer. Então os movimentos dela se aceleraram, fazendo com que as investidas de Raffaele se tornassem ainda mais fortes e abruptas.

A sensação de triunfo a inundou. Lily pegou a outra mão de Raffaele e a levou ao outro seio, mantendo-a no lugar com as duas mãos. Ele lutava por ar, os tendões de seu pescoço se destacando. Seu corpo grande e forte tremia, quase no limite.

Lily inclinou-se para frente, o olhar dele fixo no dela. Quando estava próxima o bastante para sentir a respiração dele, ela sussurrou:

– Quer ver você gozar, Raffaele.

Houve um instante de silêncio. Os olhos semicerrados dele se arregalaram de chofre, e então ela sentiu o espasmo fora de controle do corpo dele, as investidas se intensificando e propelindo o próprio clímax dela. Um rugido mudo transformou-se em um urro retumbante. As mãos dele agarraram seus seios, enviando relâmpagos de prazer dos mamilos direto para o útero dela, devorando-a conforme ele era devorado.

Juntos eles estremeceram, ela perdendo-se naquelas profundezas azuis.

Foi só quando ela desabou, sentindo os músculos falharem depois de um clímax tão potente, que ele mudou de posição, colocando a cabeça dela junto da dele. Ele lhe deu um beijo com um gosto diferente de tudo o que ela já havia provado, lento e tenro. Naquele instante, Lily percebeu que suas últimas defesas haviam sido arrasadas.

CAPÍTULO 12

RAFFA OLHOU da varanda da casa colonial do homem que ele estava ali para ver.

O homem que ele estava ali para arruinar.

Logo Gabriella seria vingada.

A culpa, todavia, impedia-o de aproveitar o momento.

Ele havia cometido um erro ao trazer Lily junto. O primeiro olhar de Bradshaw para ela transformou-se em aversão, a ponto de o sujeito apressadamente colocar um sorriso falso no rosto e recebê-los com uma educação excruciantemente exacerbada.

Raffa quis enforcá-lo. Mas Lily apenas transformou o rosto em uma máscara ao lado dele. Raffa a conhecia bem o suficiente para saber que aquela máscara escondia a dor, mas ele nada podia fazer.

– É uma casa antiga adorável – murmurou ela.

Bradshaw sorriu expansivamente e lançou-se em um monólogo sobre a propriedade.

A estrutura era boa, mas estava desmazelada. A tinta descascava das persianas, e de onde Raffa estava era possível ver os espaços vazios esbranquiçados outrora ocupados por pinturas e mobílias.

Se fosse a casa da família *dele,* Raffa a teria estimado, e não a deixado para as traças.

O pensamento o pegou de surpresa.

Que piada! Raffa não tinha herdado nada além do rosto. E uma marca de família. Todo mundo na antiga vizinhança dele sabia que as mulheres Petri eram santas, tendo sofrido longa e estoicamente. Pois os homens eram pecadores renomados, belos trapaceiros que atraíam as mulheres para a maternidade e ocasionalmente ao matrimônio antes de abandoná-las. Sórdidos, para falar a verdade.

– Desculpe, como? – Ele viu Bradshaw inclinar-se para frente, obviamente repetindo alguma coisa.

– O senhor Bradshaw nos ofereceu um tour pela casa. – A voz de Lily tinha um traço de rouquidão que o fez pensar no que eles haviam feito recentemente.

Bradshaw não conseguia esconder a ansiedade.

– Ou talvez possamos ir direto aos negócios. As damas ficarão bem. – Seu sorriso cheio de dentes alargou-se quando uma mulher apareceu na varanda, como se estivesse esperando uma deixa.

Olga Antakova. Famosa modelo e aspirante a amante de luxo.

– Raffa. Há quanto tempo. – A voz dela era um ronronar, mas seus olhos, duas pedras de gelo. Sem dúvida ela estava se lembrando da noite em que ele a botara para fora da limusine depois de encontrá-la só de casaco de peles, na esperança de se tornar um brinquedinho sexual.

– Olga. – Ele fez um meneio de cabeça. – Esta é Lily Nolan. – A voz dele era doce ao dizer o nome de Lily, e a loira arregalou os olhos.

– Prazer em conhecê-la, senhorita Antakova. Ou devo chamá-la de Olga? – Lily lançou um olhar impaciente para Raffa, como se perguntasse o que ele ainda estava fazendo ali, e não fechando o acordo.

Ele se levantou, dizendo para si mesmo que não havia motivos para delongas, para sentir-se protetor. Ele sabia que Lily poderia cuidar de si mesma.

Deliberadamente, Raffa baixou o copo e virou-se para o homem que ele perseguia há tanto tempo. Era hora de colocar as cartas na mesa.

– Mostre o caminho, Bradshaw.

Olga contava sobre um evento social opulento da qual fora a estrela. Tudo o que Lily tinha que fazer era murmurar ocasionalmente, encorajando-a.

Ela se sentira nervosa no caminho, imaginando se conseguiria se sair bem com Robert Bradshaw e os convidados. Mesmo sabendo que estava impecável com o novo vestido, tivera dúvidas. Apesar da confiança cada vez maior, ainda não gostava de conhecer estranhos, e a ideia de uma multidão a enchia de medo. Porém, estava determinada a não se esconder mais. Além disso, Raffaele estava ali com ela.

Será que ela deveria ficar preocupada ou feliz? Esse... relacionamento era de curto prazo, ela sabia disso. Mas estar com ele, sentindo-se valorizada e sendo tratada como igual – e especialmente como uma mulher –, dava-lhe uma nova perspectiva e uma nova confiança.

E daí se Bradshaw demonstrou nojo ao encará-la? Quanto a Olga, esta desprezava qualquer pessoa que não fosse glamorosa como ela.

O que preocupava Lily era Raffaele. Por trás do ar de confiança, ela via uma tensão enraizada. Esse acordo era tão vital assim? Ela queria segurar a mão dele e confortá-lo. Como se ele não fosse perfeitamente capaz de lidar com um peso-pena como Bradshaw!

– Então, Raffa é seu chefe? – Olga não esperou que ela respondesse antes de continuar a falar. Obviamente não conseguia conceber Lily como companheira dele. Ela imaginou o que a loira russa pensava de seu rosto, em contraste com a beleza de Raffaele.

Lily então olhou para a pulseira de prata com a qual ele a havia presenteado, para acompanhar o vestido que ela comprara de impulso. Era simples e elegante, e ela a amava. Era como um talismã, fazendo-a lembrar-se de como a vida havia se tornado maravilhosa tão inesperadamente. Fora a primeira vez que alguém havia lhe comprado uma joia, e que ela se sentia confortável em se produzir. Era um símbolo de um recomeço.

– Vocês dois trabalham juntos? – Olga esvaziou o copo e reclinou-se languidamente, como um gato atento. – Ele deve confiar em você, para tê-la trazido aqui. – Olga ergueu a mão para brincar com os cachos aprumados, e a pulseira de diamantes reluziu ao sol. – Você deve saber se ele vai fechar ou não o acordo com o querido Robert.

Ela era tão inocente assim, a ponto de achar que Lily trairia a confiança dele?

Olga inclinou-se para frente, baixando a voz:

– Robert é tão compressível. Ele está oferecendo um acordo de 45% das cotas do resort. – Ela balançou a cabeça. – Se Raffa está interessado, é melhor ele agir rápido. Outros estão interessados.

Então era esse o acordo. Uma parceria.

Raffaele não havia mencionado isso. Será que ele estava disposto a ter um sócio?

– E então? Ele veio fechar o negócio? – A ansiedade de Olga era óbvia. Talvez ela realmente se importasse com Bradshaw.

– Raffaele não me informa sobre os planos dele.

– Aquele lá guarda tudo para si mesmo. – Olga comprimiu os lábios, e Lily teve vontade de descobrir tudo o que tinha acontecido entre os dois. – Você não tem nenhum palpite?

– Uma das condições do meu trabalho é a mais absoluta confidencialidade.

A mulher reclinou-se, observando Lily atentamente.

– É por isso que você não quer falar nada. Você está apaixonada por ele, não está?

– Como é que é?

A loira parecia saber de tudo.

– Você é tão protetora, como uma galinha protegendo os pintinhos. – Ela riu, um som rascante. – Como se ele precisasse de proteção.

Lily colocou o copo na mesa, todos os músculos de seu corpo retesados.

Apaixonada por Raffaele.

Olga havia posto em palavras o medo de Lily, a esperança pavorosa que a assombrava. Lily dissera a si mesma que aquilo não podia ser verdade, mas no fundo do coração ela não podia negar.

– Você tem uma imaginação e tanto para achar isso só por eu não querer discutir sobre os negócios. – Lily estava orgulhosa do tom neutro.

– Não é só isso. Tem também a forma como seus olhos o seguem quando ele não está olhando. Você o devora.

Será que ela estava sendo tão óbvia assim?

Lily deu de ombros.

– Ele é o homem mais atraente que eu já vi. Por que não olhar? Mas, fora isso, ele não faz meu tipo.

– Sejamos francas. Ele faz o tipo de *todas* as mulheres. E tem experiência suficiente para conseguir o que quiser de qualquer uma.

Lily disse para si mesma que estava grata por toda aquela experiência. Ela não tinha com quem compará-lo, mas, se estava destinada a ter somente um homem em sua vida, tinha sorte de ter sido Raffaele. Do jeito como ele a fazia se sentir...

Foi então que ela percebeu o que estava vendo nos olhos afiados de Olga. Ciúmes.

– Raffaele a rejeitou, não foi?

Raffa parou de chofre na porta do escritório ao ouvir aquelas palavras.

Ele havia deixado Bradshaw ligando para os advogados e dado o prazo de um dia para que ele concordasse com seus termos. A última coisa que esperava era deparar-se com Lily encarando de frente Olga Antakova.

– Rejeitar, *a mim*? – O tom de Olga respingava gelo. – Como se eu tivesse lhe dado essa chance. Sou boa demais para um homem como ele.

Raffa torceu os lábios. Olga tentara conquistá-lo da única forma que sabia, e ficara furiosa quando ele a desprezara. Ela representava tudo o que ele menosprezava no mundo de alto padrão e pouca sinceridade que ele habitava. Sexo, afeição e até mesmo amizades eram ferramentas para as pessoas conseguirem o que queriam. Aquela mulher estava a anos-luz de distância de Lily.

– Como assim? Raffaele é incrivelmente atraente.

Podia ser superficialidade da parte dele, mas ouvir as palavras de Lily era uma delícia.

– Prefiro um homem com mais classe. – Olga estava tentando ao máximo soar aristocrática, como se tivesse sido criada entre diamantes e caviar.

– Classe? Se Raffaele não tem classe, então não sei quem tem. Ele é experiente e bem-sucedido, um homem decente. E gentil. Não se pode dizer isso de todos os empresários.

Decente? Doce? Raffa já tinha sido chamado de várias coisas, mas nunca disso.

– Você se sente atraída pelo passado difícil dele? – A voz de Olga era glacial. – Prefiro um cavalheiro.

– Por cavalheiro eu presumo que você esteja falando de alguém que nunca teve que trabalhar para conseguir o que tem? Prefiro alguém que batalhou para estar onde está. Acho isso admirável.

As palavras dela não deveriam importar; há anos ele estava imune ao poder delas. Mas Raffa sentiu o coração bater duas vezes mais forte contra as costelas.

Ninguém nunca o havia defendido.

Apenas Gabriella.

Ele se sentia... Ele não conseguia descrever o turbilhão quente formando-se dentro do estômago, apertando o peito e fechando a garganta.

– Oh, Raffa precisou trabalhar. Mas não do jeito que você pensa. Conheci uma pessoa que tem certeza de que o conheceu quando ele era mais jovem, na Itália. Você ficaria surpresa...

– Falando do passado, senhoritas? – Ele entrou na varanda e viu Olga se sobressaltar. Ela não era corajosa o bastante para um ataque frontal, todavia. Principalmente porque esperava que ele despejasse dinheiro nas mãos de seu namorado mesquinho.

Ele olhou para Lily e viu a raiva naqueles olhos brilhantes. Raffa colocou a mão sobre seu ombro delicado e gostou da forma como ela se aproximou.

– Olga estava dizendo que conhece alguém que o conheceu na Itália.

– Mesmo? – Ele fixou-se nos olhos da russa. – E qual o nome dela?

Olga desviou o olhar.

– Não importa. Ela nem mesmo tem certeza se era você.

Raffa não disse nada. Mesmo se essa tal pessoa viesse a público, ele tinha feito o que precisava para escapar da pobreza.

Mesmo assim, Raffa sentiu um gosto amargo na boca.

– Pronta para ir?

– Com certeza. – Ela virou-se para a mulher e disse: – Adeus, Olga.

Ele segurou a mão dela ao saírem, e ela enrijeceu.

– Você quer que todos saibam que não somos apenas colegas? – sussurrou ela.

– Isso importa? Não tenho vergonha de você, Lily. Nem de nós. – Embora ele tivesse sentido medo de Lily ter vergonha dele se soubesse de seu passado.

Lily apertou sua mão com força, e o calor preencheu o corpo dele. Fora do quarto ela nunca o tocava.

Raffa soltou a mão e colocou o braço sobre os ombros dela, puxando-a para junto do corpo. Um pequeno sorriso surgiu nos lábios dela, e seu coração desatou a bater com força.

Raffa então parou e virou-se para ela.

Lily ergueu o queixo, arqueando as sobrancelhas ao colocar as mãos sobre o peito dele.

Deliberadamente, ciente de que estavam diante da casa, ele levou os lábios até os dela. A boca dela se abriu, convidando para um reino de doces prazeres. Instantaneamente as imagens do mundo exterior, a vontade de provar alguma coisa, desapareceram.

Ao chegarem ao bangalô dele, Raffa pescou a chave apressadamente.

– Então você me acha incrivelmente atraente? – A voz dele emergiu, rouca e urgente.

– Você sabe que sim. Isso não é nenhuma novidade.

– Por que você está sorrindo? – Ela deslizava as palmas sobre o peito dele.

– Estou rindo de mim. Não posso acreditar no quanto preciso de você. – E não apenas sexualmente.

Raffa não podia explicar. E também não queria. Tudo o que queria era uma forma de extravasar aquela sensação prestes a explodir em seu peito. Tinha que ser algo sexual. Não havia outra explicação.

Um passo e ele a colocou contra a parede. Outro e ele estava no meio das pernas dela, pressionando seu centro com a coxa. Ele observou o movimento convulsivo da garganta alva de Lily ao engolir em seco.

Ele levou a mãos aos seios dela, e segundos depois ela estava gemendo, sentindo os mamilos entre os dedos dele. Depois de causar outro gemido ao mordiscar o pescoço dela, ele ergueu o vestido de Lily e retirou sua calcinha. Os dedos dele encontraram o calor líquido entre as coxas dela, presas com força ao redor dele.

Rapidamente Raffa tirou as calças, e estava para começar...

– Camisinha.

Ele mal registrou de início aquele sussurro. Só depois que ela disse novamente foi que ele ouviu, logo quando estava começando uma longa e lenta investida até o Paraíso.

O calor o envolveu. Uma maciez luxuriante. A respiração deles ficou esbaforida. E dentro dele surgiu uma urgência, como ele jamais havia conhecido, de possuí-la, clamá-la, marcá-la como dele.

Ele lutava para recobrar o controle. Seu cérebro mandava que parasse e se protegesse, como sempre fazia, mas seu corpo havia se rebelado completamente. Ele queria a finalização – e não só isso, ele queria possuir Lily com força, por completo.

Com uma careta, Raffa retirou-se de dentro dela.

Rapidamente desenrolou a camisinha sobre o membro e, agarrando os quadris de Lily, voltou a mergulhar nela. Ele observou os olhos dela tremelicarem semicerrados e os lábios se abrirem. Ela gemeu o nome dele com aquela voz crua e bela que ele sabia ser o único homem que já tinha ouvido, e isso foi suficiente para levá-lo ao limite. Raffa investiu com força e estremeceu, desesperado para levá-la até o ápice.

Ou talvez tenha sido ela quem o levou, quando as ondas de prazer quebraram ao redor dele com a força do oceano.

Quanto tempo eles ficaram ali, encostados contra a parede, Raffa não sabia dizer. Horas pareceram se passar antes de ele recobrar as forças e carregá-la para a cama, onde os dois desabaram, dois corpos exaustos e suados.

Ele nunca tinha sentido um clímax tão cataclísmico.

Ele nunca tinha se esquecido de usar proteção.

Lily Nolan tinha um poder sobre ele que nenhuma outra mulher já tivera. Ele queria dizer para si mesmo que era impossível, mas, quando o sono veio lhe reivindicar, ele aninhou-se junto dela, e sorriu.

CAPÍTULO 13

ELES ESTAVAM deitados lado a lado na areia, exaustos depois do sexo e de nadar. A pequena praia que ele havia descoberto longe do resort era deserta, e eles tomaram posse dela.

Era difícil acreditar que há apenas algumas horas eles tinham ido à casa de Bradshaw. Pareciam estar em outro mundo, longe da presença tóxica dele.

– Olga o chamou de Raffa. Vocês eram próximos? – A pergunta certeira de Lily o pegou de surpresa. Assim como perceber que ela nunca o havia chamado pelo diminutivo. A forma como ela dizia o nome dele era íntima de uma forma única.

– Não. Nunca. – Ele colocou a mão sobre a dela, detestando a ideia de Lily achar que ele já havia dormido com a russa. – Eu a conheci em uma sessão de fotos. Depois, ela se esgueirou para dentro da minha limusine e tentou me seduzir.

O queixo de Lily caiu, e ela teve que reprimir um sorriso.

– Você só pode estar brincando.

Ele balançou a cabeça.

– Aposto que as mulheres se jogam aos seus pés o tempo todo. – O que será que ela estava pensando?

– A maioria quer o meu estilo de vida. Olga queria dinheiro, e não eu.

Lily assentiu, traçando uma linha do pescoço molhado dele até o peito. Os lábios dela formaram um sorriso que mexeu com algo dentro dele.

– Pelo menos sou direta. Você sabe que eu quero seu corpo.

– Então somos iguais – disse ele roucamente, passando a mão no seio dela, sentindo satisfação quando ela prendeu a respiração e suas pupilas dilataram. Ela parecia uma ninfa do mar, uma tentação para qualquer homem.

Mas o desejo, apesar de intenso, não ofuscava a sensação de completude que ele sentia desde que tinham vindo da casa de Bradshaw, como se seu mundo estivesse perfeito com Lily. Ele franziu o cenho.

– O que foi? – Diferente das outras mulheres, Lily se preocupava mesmo com ele. Era um tanto estranho, e assustadoramente bom.

– Nada.

Olhos atentos o estudaram. Ele quase podia ouvir o cérebro analítico dela entrando em ação.

– Foi algo que Olga disse? Sobre o que você costumava fazer?

Se ao menos as coisas fossem simples assim...

– Raffaele? – Lily inclinou-se, chegando mais perto, e ele sentiu aquele perfume de peras doces, da água salgada e do corpo quente de mulher. A combinação foi direto para a cabeça dele, exacerbando a sensação de completude. – Que tipo de trabalho você fazia na Itália?

Raffa hesitou, dividido entre uma vida de segredos e a compulsão de confiar em alguém da forma como não fazia desde os 12 anos. Finalmente ela desviou o olhar.

– Já está na hora de voltarmos...

– Eu fazia sexo com mulheres por dinheiro.

As palavras pulsaram no silêncio ecoante, quebrado apenas pelo barulho das ondas e o grasnido de uma gaivota.

Lily ergueu a cabeça de chofre.

– Não é de estranhar que você seja tão bom nisso. – Ela pareceu ficar mais chocada com as próprias palavras do que as dele. – Você deve ter feito uma fortuna.

A resposta dela foi tão inesperada que ele quase riu. Quase – as lembranças daquela época eram dolorosas demais.

– O suficiente para sair da pobreza. – Ele precisava forçar as palavras a saírem; nunca tinha falado do assunto.

– Não consigo imaginar a pobreza de verdade.

Raffa engoliu o que ia dizer, que a pobreza pode obrigá-lo a fazer coisas horríveis, coisas da qual você se arrepende.

– Você não se importa? – Ele estava querendo a *aprovação* de Lily?

– Isso foi no passado. Não tenho o direito de me importar.

Ainda assim, Raffa estava esperando por... O quê? Absolvição? Compreensão? Não fazia sentido.

– Quando eu tinha 18 anos, conheci uma mulher que sabia de alguém que precisava de um modelo.

– Foi assim que você iniciou a carreira?

– Sim. Por meio de uma das minhas clientes. – Ele usou a palavra deliberadamente. Testando a reação de Lily? Por que isso era tão importante?

– Demorou muito para você se dedicar inteiramente a isso?

– Não, eles gostaram de mim. Eu tinha tanto trabalho que mal dava conta. – Ele lembrou-se do frisson que a combinação de sua beleza e a aura de malandro causava. Como se crescer nas ruas fosse um bônus.

– Então você não fez... a outra coisa por muito tempo?

– Tempo suficiente. Eu tinha quase 15 quando comecei.

– Quase quinze? – Se ele queria uma reação, ali estava. Ela ergueu a voz, agarrando o braço dele ao se levantar. –

Isso... Isso é chocante! Isso é exploração infantil. Não havia ninguém para protegê-lo?

Raffa levou alguns segundos para digerir o ultraje que não era dirigido a ele.

– Eu parecia mais velho.

– Isso não importa. Você era uma criança. – Ele viu raiva nos traços de Lily. Não por ele ter se prostituído, mas por ninguém tê-lo impedido.

– Elas estavam entediadas, e eu estava lá. Eu passava bastante tempo na marina, onde os iates chiques ancoravam.

Lily balançou a cabeça.

– Onde estava a sua família?

Raffa sentou-se com os braços apoiados nas pernas dobradas.

– Eu não tinha ninguém.

– Sinto muito. – O toque da mão dela em seu braço foi genuinamente gentil.

– Foi há muito tempo. Meu pai nos deixou quando eu era um bebê. Não faço ideia se ele ainda está vivo. Nossa mãe morreu quando eu tinha nove.

– Você disse "nossa".

Raffa fixou o olhar em um iate no mar. Ele nunca falava disso. Ainda assim, a vontade de continuar falando era forte.

– Minha irmã, Gabriella, morreu quando eu tinha doze. Depois disso, fui levado para um orfanato, mas eu vivia fugindo. Eu passava a maior parte dos dias na rua.

– Eles não o tratavam bem?

– Até que sim.

– Mas?

O olhar dela era intenso. Ele ansiava em ultrapassar a barreira que havia construído ao redor de si. Lily já a tinha ultrapassado, fazendo-o experimentar coisas que desafiavam a lógica.

– Mas eu estava procurando pelo homem que matou minha irmã. – Com as palavras, veio um alívio, como se alguém tivesse arrebentado cordas grossas atadas ao seu peito.

– MATOU? – TOMADA pelo choque, ela segurou o braço de Raffa com mais força e encostou-se no ombro dele.

Um suspiro profundo fez o corpo dele empertigar-se.

– Minha irmã tomava conta de mim depois que minha mãe morreu, ou pelo menos tentava. Eu dava trabalho. Ela era paciente, honesta e *boa*. Eu era selvagem, e ela estava sempre tentando me domar. E eu não facilitava.

– O que aconteceu?

– Gabriella puxara à nossa avó, que fora atriz na França. Ela era linda. Estonteante.

Assim como Raffaele.

– Desde que me lembro, Gabriella chamava a atenção dos homens, mas nunca correspondia. Ela era reservada. Nunca saía ou ia a festas. Nunca tivera um namorado sequer. Os homens a chamavam para sair, mas ela nunca aceitava. Até aquela noite. Ela encontrou um homem que a convidou para ir ao seu iate, só que desta vez ela aceitou.

– Ele era alguém especial?

Lily sentiu Raffaele ficar tenso.

– Não, ela foi por minha causa. Eu andava com algumas crianças que ela desaprovava e vivia aprontando, acusando-a de ser muito rígida. Nós tivemos uma discussão. – Ele respirou fundo. – Gabriella tinha apenas 18 anos, e tentava cuidar de um garoto com o diabo no corpo. Naquela noite ela se enfezou. Ela tirou o avental, colocou os sapatos e saiu, dizendo que precisava conversar com adultos, para variar.

Raffaele olhou perdidamente para a bela paisagem diante deles, sem ver nada.

– Eu a segui. Nunca a tinha visto perder a cabeça, por isso estava preocupado. Eu deveria tê-la impedido.

– O que aconteceu? – Lily não sabia se queria saber mesmo.

– Ela foi até a marina, para o lugar onde os iates caros estavam atracados. Eu a vi entrar em um onde estava tendo uma festa – pessoas, músicas, risadas. Achei que ela iria aparecer pela manhã, mas ela nunca voltou para casa. – Um tremor percorreu o corpo dele. – No dia seguinte, ela foi encontrada boiando no mar. O legista disse que havia álcool e um coquetel de drogas no organismo dela, incluindo uma que era usada em estupros. Ela morreu de overdose.

Lily soltou o ar entre os dentes. O horror fez os pelos da nuca e dos braços dela se eriçarem.

– Não foi culpa sua. – Raffaele virou-se para ela e a encarou com tanta intensidade que ela se sentiu chamuscada. Quanta dor ela via ali! Quanta culpa!

– Se não fosse por mim, ela nunca teria ido. Apesar do que a polícia disse, ela era inocente. Eu conhecia Gabriella. Ela nunca estivera com um homem, nunca bebera antes daquela noite. Ele a drogou, e ela morreu.

– Você viu quem foi?

Raffaele assentiu.

– Eu dei a descrição à polícia, mas eles não acreditaram em mim. – Ele bufou. – O iate se foi, mas eu continuei procurando ano após ano.

– É por isso que você ficava na marina. – E havia sido avistado pelas ricas mulheres que só queriam tirar a inocência de um garoto. O estômago dela deu voltas. Não era à toa que Raffaele não falava do passado. – E você nunca mais o viu.

– Oh, sim, eu vi. Mais cedo, este ano. – A voz de Raffaele era glacial, agressiva. – Foi quando eu descobri o nome dele: Robert Bradshaw.

Lily arregalou os olhos, lutando para compreender.

– O mesmo Robert Bradshaw...? – Mas é claro que era. As peças se encaixaram, o motivo pelo qual Raffaele estava tão obstinado com o acordo. Ela *sabia* que havia algo entre os dois.

– Como você pode querer trabalhar com ele?

– É mais difícil do que eu imaginava. Eu olho para ele e tenho vontade de agarrar seu pescoço gordo e esganá-lo.

Lily congelou diante da intenção letal na voz dele.

– Ele pode não ser o responsável pela morte de sua irmã. Pode ter sido outra pessoa no barco. – Ela não estava tentando defendê-lo, mas a ferocidade de Raffaele a assustava.

Ele voltou-se para ela, seus olhos como duas safiras polidas, frias e implacáveis.

– Era o barco dele. A festa dele. Era ele quem estava babando atrás dela, eu vi. Mesmo que não tenha sido ele quem a dopou, ele era responsável pela segurança dela.

Lily concordava. E, pelo que ela havia visto de Robert Bradshaw, ele não cuidava de ninguém além de si mesmo.

– Então, como você pode trabalhar com ele?

Os lábios de Raffaele se transformaram em um sorriso lento que parecia... carnívoro.

– Assim que o acordo for fechado, ele será destruído, financeiramente falando.

– Você quer vingança.

– Eu chamo de justiça. – Os olhos de Raffa estavam fixos no horizonte. Ele continuava lindo como sempre, mas os traços de seu rosto eram proibitivos, como se o homem que havia feito amor com ela há uma hora tivesse sido expulso por um estranho. Por alguém que conhecia a violência e a desconfiança, que fora usado e abusado.

– Como você conseguirá justiça por sua irmã sendo sócio dele?

O sorriso de Raffa alargou-se de uma forma que a deixou feliz por não estar em sua mira.

– Essa é a beleza da coisa. – A voz dele, como veludo sobre aço afiado, mexeu com os nervos dela. – Ele está tão obcecado antecipando grandes lucros que não consegue ver mais nada. Bradshaw está enterrado em dívidas. – Lily assentiu. Isso não era segredo. – Ele vai me tornar sócio majoritário da ilha inteira em troca de dinheiro para cobrir suas dívidas maiores.

– Olga disse quarenta e cinco por cento.

– Foi o que ele ofereceu; não o que eu aceitei.

Ambos sabiam que ele aceitaria os termos de Raffaele. Ele estava desesperado.

– Ele perderia o controle do resort...

– Não só do resort, mas da ilha toda.

– Mas em troca ele espera que você reforme o lugar e o torne lucrativo da forma que ele não conseguiu.

– É o que ele pensa. – Os olhos dele brilharam. – É o que qualquer um pensaria, não? Quando, na verdade, tudo o que estou prometendo no papel é o dinheiro para suas dívidas mais imediatas. O que já é uma soma substancial.

– Você não teria a obrigação de reformar o resort?

Ele balançou a cabeça.

– Não. Bradshaw presume isso por causa da quantidade de dinheiro que estou gastando para adquiri-lo.

– E o que você vai fazer?

– Depois que ele assinar na linha pontilhada? Absolutamente nada.

Lily franziu o cenho.

– É uma pena, mesmo – continuou ele. – O lugar tem bastante potencial, mas não pretendo fazer nada, não enquanto Bradshaw for dono de um só grão de areia.

– E você está garantindo que ele não atraia outros investidores ao continuar sendo dono da maior parte.

Ele assentiu.

– Não só isso. O acordo impede que algum de nós faça qualquer coisa sem a aprovação do outro.

– Desta forma, ele ficará encurralado, sem bens para vender ou fonte de renda. – Lily olhou além do trecho da praia, para o resort e as *villas* espalhadas. O que iria acontecer com tudo aquilo? Ela imaginou os prédios ruindo, a vegetação tomando conta do lugar. Pois, se Raffaele não iria fazer o resort lucrar, tampouco se importaria em tomar conta dele.

Lily virou-se para encará-lo quando algo lhe veio à cabeça.

– Mas e os funcionários?

– O que tem eles?

– Eles dependem do resort.

Raffa deu de ombros.

– Eles vão precisar encontrar outro trabalho.

Lily olhou para as águas límpidas que cercavam a ilha.

– Não há mais nada por aqui.

– Então eles terão que se mudar. – Ele franziu o cenho e pegou as toalhas de praia dos dois. – Sempre há trabalho em algum outro lugar.

– Você não pode estar falando sério.

– Claro que estou. Minha única intenção em comprar este lugar é destruir Bradshaw. Não haverá nenhum resort na ilha, nada.

Lily sentiu algo despencar dentro dela. Suas ilusões sendo estilhaçadas? Ela levou a mão aos quadris.

– A maioria deles vive aqui há gerações. Existe até uma escola aqui.

Os ombros de Raffaele subiram e desceram.

– É o efeito colateral. Mas não se preocupe, eles receberão ajuda para se realocarem. Não é nada de mais.

Efeito colateral. A consequência sem importância de uma ação.

Lily sabia muito bem o que era efeito colateral. Foi o que ela se tornou quando Tyson Grady decidiu fazer a ex-namorada pagar por deixá-lo. Rachel nunca teve a chance de sair com outra pessoa. Ela morreu em consequência do ácido que ele jogara no rosto dela. E Lily – bem, Lily sofrera por estar no lugar errado na hora errada.

Bile subiu pela garganta dela, ameaçando sufocá-la. A arrogância absoluta desses machos com suas brigas e vinganças a deixavam doente.

– Nada de mais? Este é o *lar* deles! A respiração dela ficou agitada. Nos olhos de Raffaele, ela encontrou apenas determinação. – Isso não significa nada para você?

– Eles podem morar em outro lugar. O que importa é dar a Bradshaw o que ele merece. Fique feliz por eu não estar fazendo justiça com minhas próprias mãos. – Um brilho perigoso espocou nos olhos dele. Um flash que enviou uma onda de medo pelo corpo dela.

De repente, Lily sentiu-se com frio, apesar do sol e da areia.

– Eu achei que o conhecia – sussurrou ela. – Achei que você era... – A garganta dela se fechou.

Ela achava que ele havia superado a dor do passado e se tornado alguém especial. Achava que ele era bondoso e atencioso, por ele tê-la ajudado a superar seus próprios demônios. Porém, Raffaele Petri era tão bruto e impiedoso quanto ela havia imaginado de início. Como ela podia ter se enganado tanto?

– Lily? Aonde você vai?

Ela estendeu o braço para detê-lo quando ele tentou acompanhá-la. Então, cambaleou pela areia fofa, desajeitada em sua ânsia em escapar dele.

CAPÍTULO 14

Dannazione! Doze horas depois e Raffa ainda não conseguia relaxar. Ele resolveu fazer a trilha que levava até o topo da colina no centro da ilha, para extravasar a fúria que o acometera desde a cena com Lily ontem.

Mulheres!

Em um momento, ela o olhava com os olhos cheios de simpatia; no outro, ela o encarava como se fosse um monstro.

Raffa havia se acostumado com os sorrisos de Lily. Ele lutava as próprias batalhas, mas gostara quando ela tomara o lado dele diante do antagonismo de Olga.

Bradshaw é que era o monstro. De quantas mulheres ele já havia abusado?

Raffa atravessou as árvores até o cume. O oceano estendia-se lá embaixo, cintilando o rosa e o laranja do sol. A mansão caindo aos pedaços de Bradshaw estava banhada pela luz laranja. Do outro lado, o resort dormia.

Só havia uma figura esguia, cruzando a areia branca em direção à água.

Lily. Ninguém mais nadava àquela hora.

Ele sentiu um aperto no peito, ao perceber que tinha ido até ali para evitá-la.

Raffa franziu o cenho. Quando criança, havia aprendido a nunca dar as costas para o perigo ou as coisas desagradáveis. Era melhor encarar os problemas do que esperar que eles se resolvessem magicamente.

E ela era um problema. Lily, a mulher que havia desencadeado novas forças preocupantes, novos *sentimentos*.

Toda a noite ele lutou contra o desejo perturbador de fazer alguma coisa, dizer alguma coisa, fazer algo para resgatar aquele sorriso de antes.

Ele iria parar seu plano de vingança porque alguns locais ficariam sem emprego? Eles ficariam melhor em uma ilha maior. Os conceitos básicos da economia ditavam que uma população maior atrai melhores serviços e oportunidades. Assim que fossem realocados, iriam agradecê-lo pelas melhores oportunidades.

Este é o lar deles! As palavras de Lily ecoaram em sua cabeça.

Ela era emocional demais. Se houvesse problemas com a realocação, ele iria consertá-los. Ele não era como Bradshaw, usando e descartando pessoas.

Ainda assim, a dúvida persistia. Será que ele estava subestimando o conceito de lar, só por não o conhecer?

Raffa cruzou os braços. Era um disparate emocional.

Respirou fundo, inalando o perfume do orvalho, das folhagens e das flores. Aquele toque de doçura o fez lembrar do perfume hipnotizante de Lily – sutil, mas sedutor.

Ela havia conseguido entrar na vida dele, e não só na cama. *Lily importava para ele.*

Ele contara a ela coisas que nunca havia compartilhado. Pela primeira vez desde Gabriela, ele tinha alguém ao seu lado. Alguém que enxergava nele não apenas um rosto e um corpo. Por um curto espaço de tempo, ele não havia se sentido só. A sensação fora... boa.

Lá embaixo, Lily emergiu da água e caminhou em direção à *villa* dela.

Raffa virou-se e voltou para a trilha, a passos largos.

* * *

– Lily? – Ele abriu a porta e entrou. A sala estava vazia. O laptop dela estava aberto sobre a mesinha de café ao lado de um pacote de alcaçuz. Raffa sorriu. Ele via Lily mordiscando as guloseimas quando estava imersa no trabalho, particularmente se estava nervosa.

Será que ela estava com medo de confrontá-lo?

Ao cruzar a sala, ele ouviu o chuveiro. E foi atraído pela ideia de Lily nua e cintilante, de juntar-se a ela e acabar com a discussão com uma sessão de sexo, quente e satisfatório.

Mas ele forçou-se a ir para o lounge. Sabia que a questão era mais do que o sexo. Ele não sabia o que havia entre eles ao certo, mas estava determinado a descobrir. E, para isso, eles precisavam conversar – um pensamento que mais parecia uma língua estrangeira para ele.

Ele sentou-se diante do laptop para ver as atualizações que Lily havia feito durante a noite. O acordo seria fechado dali a algumas horas, assim que Bradshaw assinasse o contrato, mas ela insistia em trabalhar.

Um toque e a tela iluminou-se. Não era um relatório, mas um e-mail. Ele estava prestes a minimizar o documento, quando o título lhe chamou a atenção.

RE: Acordo da ilha – Urgente.

Talvez fosse relevante, afinal de contas. Ele leu rapidamente o texto curto.

Seu relatório foi excelente. Preciso de mais informações o quanto antes, especialmente para a contraoferta. Bônus extra se obtiver o que eu preciso para fechar o acordo, e mais uma semana como minha convidada no resort.
De Laurentis

Raffa cerrou os dentes. De Laurentis. O renomado dono de hotéis que o vencera dois anos atrás em um acordo na Grécia.

De Laurentis, pedindo que Lily fornecesse informações para uma contraoferta para um resort em um uma ilha.

Raffa encarou cegamente a tela, ouvindo um zunido nos ouvidos, como o ronco de centenas de motocicletas em sua cabeça.

De Laurentis.

E Lily.

Roubando dele sua vingança.

– Raffaele?

Lily apertou a toalha ao redor dos seios. Seu coração batia loucamente enquanto as esperanças aumentavam.

Ele viera.

Lily passara a noite toda virando de um lado para o outro, querendo ir até ele, querendo que as coisas fossem como antes. Mas ela não cedera, porque o que ele planejava era simplesmente errado. Se ela fosse à *villa* dele, Raffa a seduziria com seu belo corpo, a voz rica e aquelas mãos grandes e astutas. Ele a fazia se sentir especial.

Lily engoliu em seco.

Se aquiescesse com o plano dele, ela iria sentir-se maculada, como se estivesse traindo as pessoas que viviam ali. Afinal de contas, tinha sido sua pesquisa meticulosa que o trouxera até ali, disposto a acabar com os negócios de Bradshaw e fechar o resort.

Porém, ele estava ali. Pronto para conversar.

– Raffaele? – Ela amava dizer o nome dele. Ela amava...

Raffa virou-se para ela com aqueles olhos azuis, e a leveza alegre dela desapareceu. Não era ternura ou compreensão o que ela via no rosto dele.

Ele empurrou o laptop dela e levantou-se.

A fúria irradiava dele claramente, como a chama de uma fogueira.

– Você esteve ocupada. – A voz dele era suave. Não suave como um abraço confortável, mas fatalmente sutil, eriçando os cabelos da nuca dela.

– Eu fui nadar. – Ela deu um passo para frente, determinada a não se deixar intimidar. Ele estava bravo porque eles tinham visões diferentes dos planos dele, mas eles podiam trabalhar nisso. Ela já havia decidido que precisava falar com ele o quanto antes. Descobri-lo ali só facilitou as coisas.

– E você também encontrou tempo para trabalhar. Que mulher ocupada você é.

Apesar da confiança, Lily parou abruptamente. Ela já havia visto várias facetas dele, mas nunca a sarcástica.

– Você me paga para trabalhar.

– E os outros também.

Era por isso que ele estava tão furioso?

– Você sabe que tenho outros clientes.

– Não quando eu pago pelos seus serviços exclusivos.

O coração de Lily deu um salto. A forma como ele dissera *serviços exclusivos* a fez pensar em outras coisas que não a pesquisa.

O calor subiu pelos seios e pela garganta dela. Ela desejou estar vestida em vez de enrolada em uma toalha, com os cabelos molhados pingando nas costas.

– Meu trabalho já está concluído. Você mesmo disse. Minha equipe precisava de uma ajuda em um projeto...

– Eu pago pelo seu tempo, fim da história. Eu disse para você se livrar dos outros trabalhos.

– Eu sei, mas...

– Mas nada, Lily. – Ele aproximou-se, invadindo o espaço pessoal dela.

Normalmente isso não importaria. Normalmente ela o tocaria, louca para correr as mãos pelos seus ombros e naqueles cabelos grossos, trazendo a cabeça dele para junto da sua. Porém, a energia que corria entre eles não era essa. Era sombria. Ameaçadora.

Lily ergueu o queixo.

– Qual o problema, Raffaele? Tudo o que fiz foi responder alguns e-mails e...

– E o quê? – Os olhos dele eram frios como pedras de cristais. – Vender um relatório para meu rival?

– Como?

– Não se faça de boba. Eu li seu e-mail. Você está fazendo negócios com De Laurentis. Você está vendendo informações para ele, não?

Lily franziu o cenho. O que aquele projeto na Tailândia tinha a ver com Raffaele? Até onde ela sabia, ele não tinha interesse naquela parte do mundo.

– Eu finalizei um relatório para ele semanas atrás.

– E agora você está enviando informações para ele. – Raffa aproximou-se, sua respiração roçando os lábios dela. – Você se esqueceu da cláusula de confidencialidade no seu contrato? Eu poderia processá-la e arrancar tudo o que você tem e ainda deseja.

Lily só enxergava a sede de sangue, o sangue dela, na expressão dele.

– Você acha que eu o traí? Você acha que eu passei para outra pessoa informações que você me pagou para obter?

– Não qualquer pessoa. O único rival sério que eu já tive. E não apenas as informações que você descobriu. Eu compartilhei coisas com você, meus planos para destruir Bradshaw. Eu *confiei* em você.

– Você realmente acha que eu o traí?

Ela devia estar furiosa. Mas a única coisa que sentia era dor. Dor por ele pensar tão pouco dela. A felicidade que ela havia encontrado ao lado dele era uma ilusão, tão insubstancial quanto uma poça de água em um deserto.

– O que mais posso pensar? Você está passando informações para meu maior rival. Ou você nega que seja o mesmo De Laurentis que construiu uma fortuna com hotéis de luxo exclusivos na Itália? E que agora está investindo em resorts?

– É o mesmo homem, mas...

– Mas nada! – Ao falar novamente, a voz dele era lenta, deliberada, quase um sussurro. – Eu lhe pago um salário exorbitante. E espero discrição e lealdade.

– Eu fui discreta e leal. – O mesmo tratamento que ela dava a todos os clientes. Foi por isso que ela não contou a Raffaele quando começou a trabalhar para ele, que já tinha se comprometido com aquele projeto. De Laurentis merecia a mesma consideração que Raffaele.

– Você quer que eu acredite nisso? O sujeito está desesperado por informações. E então? Fale.

E foi por *aquele* homem que Lily havia se apaixonado. O homem em quem ela havia confiado suas frágeis esperanças e sonhos. Lágrimas quentes surgiram atrás dos olhos dela, fechando sua garganta. Ela entrelaçou os dedos, espremendo-os.

– Apesar do que parece, ele está falando de outro resort. Em outro continente. Eu não lhe contei porque não vi nenhum conflito de interesse na época. São coisas completamente separadas. Porém, por causa do que aconteceu entre a gente, eu estava prestes a escrever para ele dizendo que não posso mais continuar com o trabalho.

– E você quer que eu acredite nisso?

Lily encarou aquele rosto esculpido no granito. Os olhos que a atravessavam.

Ela havia se despido de corpo e alma para Raffaele. Ele havia entrado na vida dela e a feito encarar seus medos mais profundos de cabeça erguida. Ele a fizera acreditar que o mundo podia ser um lugar maravilhoso, que *ela* poderia ser alguém que jamais havia sonhado poder ser.

Ele a fizera amá-lo. E, pior de tudo, ele a fizera acreditar que ele poderia vir a se importar com ela, pelo menos um pouco. E agora ele havia acabado com tudo: as esperanças, a felicidade, a confiança.

A dor a dilacerava por dentro. Teria doído menos se ele a tivesse acusado de ser feia – mas ele havia atacado a única parte da vida dela que a tornava forte, certa de si mesma: seu profissionalismo. Agora ele estava tentando acabar com isso também.

– Não, não espero que você acredite em mim. Vejo que você já se decidiu. – Ela levou as mãos ao quadril. Em algum lugar dentro dela, sonhos estavam se desintegrando, esperanças estavam desaparecendo. Mas uma coisa ela havia aprendido: como esconder a dor. – Não tenho mais nada para dizer, Raffaele. Nessas circunstâncias, acho que você não vai querer que eu cumpra o aviso prévio antes da minha resignação.

Silêncio. Vazio no rosto dele.

O que ela esperava? Desculpas?

– Você pode pedir demissão amanhã, *depois* que eu fechar o acordo. E saiba que, se você tentar passar mais alguma informação para De Laurentis, meus advogados não vão parar até destruí-la.

Em silêncio, Lily aquiesceu. Ela precisou de todas as forças para aguentar o peso de cada palavra dele.

Ele olhou para o laptop, e, por um segundo, ela achou que ele iria quebrá-lo, ou levá-lo consigo. Mas, em vez disso, ele apenas foi embora, sem olhar para trás.

– Você me contou sobre seu passado. – A voz dela era como um coaxar. – A forma como você falou, eu achava que você se sentia... – Ela pausou, escolhendo a palavra certa. – ...*Diminuído* pelo que teve que fazer para fugir da pobreza.

Raffaele parou, mas não se virou.

– Você nunca aprendeu a confiar nas outras pessoas. E, até aprender, você continuará sozinho.

Ela suspirou profundamente.

– Eu confiei em você, Raffaele. – Lily quase engasgou ao dizer o nome dele, mas se segurou. – E odeio você ter jogado fora essa confiança. Mas eu não vou deixar isso me destruir. Eu vou continuar com minha vida e não olhar para trás.

Por um segundo, ele ficou parado. Então, sem dizer uma palavra sequer, ele abriu a porta e saiu para o dia.

Ela esperava mesmo que ele fosse ouvi-la?

Por um bom tempo ela ficou ali parada, com medo de se mover e a dor dentro dela esmagá-la em pedacinhos. Mas suas pernas por fim cederam, e ela cambaleou para a sala.

Quinze minutos depois, ela estava em um barco indo em direção à próxima ilha. Duas horas depois, ela estava em um avião, começando a longa jornada para deixar Raffaele para trás.

CAPÍTULO 15

POR FIM, estava feito. Bradshaw finalmente passara a maior parte da ilha para ele.

Raffaele deveria estar pulando de alegria ou, pelo menos, sorrindo de satisfação. Mas, em vez disso, ele sentia uma sensação de anticlímax. Como se essa vitória há muito aguardada não fosse tudo o que ele esperava.

Houve um instante irrefutável de prazer previsível, senão vazio de prazer, quando ele recusou a oferta do champanhe para brindar com Bradshaw. Vários minutos de satisfação enquanto ele explicava precisamente por que eles nunca iriam trabalhar juntos, e que ele iria garantir que a ilha jamais gerasse lucro para o homem que havia matado Gabriella.

Bradshaw explodiu, negou e finalmente implorou, mas os documentos eram claros. Ele não tinha onde cair morto.

Enquanto ouvia Bradshaw gritando e ameaçando, Raffaele esperou pela onda de prazer. Mas ela não veio. Em vez disso, sentiu um desconforto dentro de si. Consuela e ele já estavam quase de volta ao resort quando ele percebeu que era porque a justiça, ou vingança, ou qualquer que fosse o nome que ele desse, não traria Gabriella de volta. O buraco em seu coração estava lá, ainda em carne viva. Ele falhara com ela.

– Minhas pernas não são longas como as suas. Pode diminuir o passo um pouco?

Ele olhou para Consuela, impecável como sempre, no terninho cinza. Engraçado. Ela também não parecia ter tido uma grande conquista.

– Desculpe, estava pensando.

– Eu achei que você ficaria mais feliz.

– Tenho outras coisas em mente. – Sua mente não parava de voltar à briga com Lily.

– Algo a ver com Lily?

Raffa fixou os olhos na funcionária, mas ela não olhou para ele.

– E por que haveria alguma coisa?

– Porque, quando desembarquei no aeroporto, eu a vi na pista, entrando em um avião.

Raffa quase tropeçou.

– Lily? – Mas ele a havia deixado algumas horas atrás. – Você deve estar enganada.

Consuela parou e virou-se para ele. Sua expressão era neutra, mas havia algo nos olhos dela que ele não reconhecia.

– Eu conheço Lily, lembra-se? Definitivamente era ela. Ela parecia...

– Como? – A tensão vibrava dentro dele.

Consuela comprimiu os lábios.

– Digamos que, se os seguranças não fossem me impedir, eu teria corrido até ela e lhe dado um abraço.

Os olhos dela se estreitaram, e agora ele reconheceu a expressão. Desaprovação. Dele.

– Mas o novo voo é só amanhã. – Ele não sabia por que tinha dito isso; não conseguia absorver o fato de que Lily tinha ido embora.

Não fazia sentido. Ele deveria ficar feliz por ter se livrado da mulher que o havia traído. Exceto que, desde que ele a havia acusado, sentia que havia *errado*.

Como se a culpa fosse dele.

Como se ele tivesse interpretado algo errado.

A dúvida o acometera no instante em que a deixara, mas ele não se permitiu ser fraco e voltar.

Agora ele sentia como se suas prioridades estivessem erradas.

– Diga-me. Quem mais estava interessado no resort, cortejando Bradshaw?

Consuela arregalou os olhos enquanto dizia os nomes de grandes empresas do ramo. Os que ele já conhecia.

– Mais alguém? De Laurentis?

– Não. Mas Lily é a pesquisadora. Você deveria perguntar para ela. – Uma sobrancelha perfeita arqueou-se. – Dizem por aí que ele estava de olho em alguma coisa na Ásia. Tailândia, eu acho.

Raffa fechou os olhos, sentindo uma sensação nauseante tomar conta de seu corpo. Ele havia acreditado com tanta facilidade que Lily era uma traidora. Era muito mais fácil acreditar no pior do que tentar viver com os sentimentos perturbadores que ela despertava nele?

– Raffa! Tudo bem? Você parece que vai desmaiar.

Ele abriu os olhos.

– Fale comigo.

Ele ergueu o rosto para o sol, que era filtrado pelas folhas das árvores. Lá em cima, na imensidão azul, Lily estava abandonando-o.

– Eu acabei de cometer o maior erro da minha vida.

– Você se consideraria uma nômade digital, senhorita Nolan? Trabalhando ao redor do globo? O que você acha disso?

Lily sorriu para a mulher de terninho preto diante da plateia.

– Lily, por favor.

Ela agarrou o púlpito, não por nervosismo, como quando havia iniciado a apresentação, mas porque lhe dava conforto.

Depois de visitar a família, juntar-se ao grupo das mulheres de negócios no café da manhã foi a primeira coisa que ela fez ao retornar. Antes de cada apresentação, ela tremia feito vara verde, especialmente naquele dia, mas sempre saía sentindo-se cada vez melhor. Falar diante de todas aquelas pessoas, compartilhar seus pontos de vista, era o teste que ela havia imposto para si mesma. A prova de que ela podia e seria forte.

Só a determinação de se manter ocupada a impedia de enrolar-se na cama e chorar sobre o travesseiro. Ela não queria voltar a ser a mulher que era antes de Raffaele forçá-la a mudar.

– Como em tudo, há os pontos positivos e os negativos. Eu posso trabalhar de quase qualquer lugar do mundo...

– Só me dê a chance de trabalhar em uma ilha tropical – disse alguém na plateia, arrancando risadas.

A imagem de Raffaele surgiu na mente dela. O toque das mãos dele, a voz aveludada, a felicidade que haviam compartilhado.

E o abismo de dor.

Ela voltou a se focar.

– Infelizmente nosso tempo acabou – disse a anfitriã, sorrindo, subindo ao palco.

Lily retribuía o sorriso quando uma sensação estranha deixou seu corpo em alerta. Um sussurro atravessou a sala. As cabeças não se voltaram para a anfitriã, que fazia os agradecimentos, mas para o fundo da sala.

Enquanto mecanicamente trocava formalidades, seu olhar foi atraído para a saída.

Raffaele. Maior que a vida e mais maravilhoso do que ela se lembrava.

Os joelhos dela se transformaram em gelatina, e ela precisou se segurar no púlpito. Alguns meses não foram suficientes para superá-lo.

Ela soubera que era ele antes de virar-se, graças a uma sensação inquietante e familiar dentro dela.

A anfitriã penou para recobrar a atenção do público. Todas as mulheres haviam se voltado para Raffaele, estonteantemente lindo e elegante em sua camisa de gola aberta usual, o casaco casual e a calça clara que enfatizava o comprimento e a força de suas pernas poderosas. As batidas aceleradas do coração de Lily a deixaram sem fôlego.

Seus olhos se encontraram, e ela pôde jurar que ouviu as chamas se avivarem dentro dela.

A anfitriã disse alguma coisa, gesticulando para que ela voltasse à plateia.

Com os olhos cravados nele, Lily desceu do palco, forçando neutralidade. Rezou para que as pernas bambas não a derrubassem.

Vagamente ciente dos cochichos entusiasmados das mulheres, Lily aproximou-se, encarando aqueles olhos azuis e lembrando-se de como eles a haviam levado para o céu. Implacavelmente ela afastou a lembrança, umedecendo os lábios com a língua.

Instantaneamente o olhar dele seguiu a ponta da língua dela, fazendo sua respiração parar. Com um olhar! Era tudo o que ele precisava fazer para deixá-la do avesso.

– Presumo que você queira falar comigo? – A voz dela era fria como aço. Ela ficou impressionada com sua firmeza.

Por um instante, ele pareceu prestes a falar. Então, assentiu e abriu a porta. Os cochichos se transformaram em uma especulação animada quando a porta se fechou.

– VOCÊ MUDOU. – Ele não queria comentar, mas estava espantado. Não pela forma como ela mantinha a plateia na palma da mão; ele sabia que ela era uma ótima comunicadora quando estava genuinamente interessada em alguma coisa. Tampouco eram as roupas novas que o surpreendiam. Quando ela se virou, seu olhar frígido o assustou, a total falta de ternura.

– Claro que mudei. Você me ensinou bastante coisa. – Os lábios dela se crisparam, e ele sentiu uma dor aguda. – Eu aprendo com os meus erros.

Ela parecia uma duquesa avaliando um mendigo. Um olhar que o deixou ciente de suas origens pobres, de sua falta de pedigree. E, pior, que falava da forma horrível com que ele a tratara. O desdém dela o atingiu no vazio da alma.

– Raffaele? – Por um breve instante, suas mãos roçaram. A pulseira prateada no punho dela chamou sua atenção. O toque e o fato de ela estar usando o presente dele fizeram suas esperanças aumentarem.

– Precisamos conversar. – Ele a levou para longe do prédio. Seu carro estava estacionado ali perto, mas ela continuou andando, seus passos ecoando na calçada.

– Aqui. – Era um café. Não o que ele havia planejado. Mas era melhor do que nada.

Ao passarem por mesas vazias e uma vitrine de bolos, Lily hesitou antes de sentar-se na mesa mais afastada. Ele sentou-se e se perguntou se ela tinha percebido que só poderia sair se ele se levantasse. Ele duvidava; ela parecia distraída.

Raffa deu um gole em seu café depois que a garçonete se foi.

– Está de acordo com os seus padrões? – O tom dela era cínico.

– Não estou com sede. – A boca dele estava tomada pelo gosto metálico do medo, ainda que ele nem soubesse como era tal gosto. – Lily, sinto muito. De verdade.

Ela colocou a xícara sobre o pires com um baque, derramando café sobre a mão.

Raffa ouviu o arfar dela quando lhe segurou a mão, para secar o líquido quente com um guardanapo.

– Não! Estou bem, eu...

As palavras dela se calaram quando ele beijou onde o café havia escaldado. Ele fechou os olhos, e um tremor o percorreu ao sentir o gosto de Lily.

– Desculpe-me. Não sei como pedir desculpas. Eu a acusei de uma coisa que eu deveria saber que você jamais faria. – Seus lábios se moviam contra a mão dela, os olhos fechados com força para evitar ver a rejeição no olhar dela.

Ela estremeceu. De horror? Desgosto? Ou prazer?

Ele abriu os olhos e os manteve fixos na mãozinha delicada de sua bela Lily.

– Por que você está sorrindo?

– Porque você é mais linda do que eu me lembrava.

Instantaneamente ela tentou tirar a mão, mas ele foi mais forte.

– Não. – A voz dela parecia embargada, e não indiferente. – Você já se divertiu comigo. Agora, deixe-me em paz.

– Você acha que estou aqui me *divertindo*? Não há nada de divertido na forma como me sinto agora, *tesoro*.

– Não fale assim. – Novamente ela falhou ao tentar desvencilhar-se dele. – Eu sei que foi... divertido ter uma mulher tão diferente. – A voz dela era um sussurro apressado. – Mas você não vai me fazer de tola novamente.

A pulsação dela era quase tão errática quanto a dele.

– Sei que você acha que não pode acreditar em mim depois da forma como eu a rejeitei. Mas você precisa entender uma coisa: você nunca foi uma *diversão* para mim. Foi a coisa mais assustadoramente real que aconteceu comigo em muito, muito tempo. – Raffa segurou a mão dela entre as dele. – Ninguém nunca me fez sentir o que eu sinto por você.

Para o desespero dele, ela balançou a cabeça.

– Você não sentiu nada. Você virou-se contra mim. Se tivesse sentido algo por mim...

– Oh, mas eu sinto, *piccola istrice*. Veja o quanto. – Ele colocou a mão dela sobre o peito, sobre o coração disparado. – Eu sinto tanto que estou com medo que você me rejeite sem nem ao menos me ouvir, ou que, depois de me ouvir, você não se interesse.

Ela piscou, com uma expressão tensa no rosto.

– Não me interesse pelo quê?

Ele balançou a cabeça.

– Primeiro preciso pedir desculpas propriamente e explicar...

– Não me interesse pelo quê?

As coisas não estavam saindo como o planejado.

– Por mim.

O tempo se alongou como uma corda de *bungee jumping*, quase se arrebentando.

– Eu já tive você.

Raffa não pôde evitar o grunhido de dor causado pelas palavras dela. Sua chance estava se esgotando, e pânico tomava conta dele.

– Não estou falando de sexo. – Pela forma como ela olhou por cima do ombro dele, sua voz havia se alterado. Mas ele não ligava.

– Então, do que você está falando?

– De mim. De corpo e alma. Coração e mente. Eu a amo, Lily.

Para seu horror, ele viu os olhos dela marejarem. Ele tocou o rosto dela, secando uma lágrima do canto do olho.

– Não chore, Lily, por favor. – Era como se ela tivesse arrancado o coração dele.

– O que você espera que eu faça, falando uma coisa dessas?

Ele passou o polegar sobre os lábios fartos dela, sentindo-os tremer.

– Eu *quero* que você diga sim. Que vai ficar comigo.

– Como você pode me amar? Você agiu como se me odiasse naquela manhã.

– E me arrependo desde então. Eu não consegui nem me concentrar no acordo com Bradshaw porque estava preocupado demais me arrependendo do meu comportamento.

Ela franziu o cenho.

– Então, por que você fez isso? Se você me ama...

Raffa capturou a outra mão dela e segurou as duas juntas.

– Não vai parecer sensato para uma pessoa lógica como você, ma... – Ele engoliu em seco. – Amar você, isso me apavora. Eu nunca amei ninguém a não ser minha irmã e minha mãe. Com você, eu sinto *mais*. Eu me importo com você, Lily. Quero fazer você perceber o quanto é especial. Quero fazê-la feliz.

Ela abriu a boca para dizer alguma coisa, mas ele levou o dedo até os lábios quentes dela.

– Confiei a você coisas que jamais havia falado para ninguém. Eu me senti atraído por você de formas que não conseguia compreender, e isso foi aterrador. Acho que foi por isso que reagi de forma tão violenta à possibilidade de você me trair. Foi mais fácil afastá-la. – Ele então respirou fundo.

Com relutância, ele tirou o dedo da boca de Lily. Ele ficara sem palavras. O que significava que estava na hora de encarar o julgamento dela. Desesperadamente, ele tentou ler seus pensamentos.

– Quantas mulheres já o rejeitaram, Raffaele? – A voz dela era um sussurro espesso.

– As mulheres do passado não importam – disse ele, na defensiva. – Elas não me conheciam; elas só queriam meu dinheiro e meu corpo. – Ele parou. – Por que elas iriam querer um homem que...

Lily libertou uma das mãos e levou o dedo aos lábios dele.

– Pare.

O cheiro dela era tão bom, como os sonhos que o atormentaram desde que ela havia partido. Ele sentiu o gosto dela com a ponta da língua, e Lily puxou a mão.

– Não ligo para as mulheres do seu passado.

– Então, o que a preocupa?

– Por que você se apaixonaria por mim? Não faz sentido.

– Acho que é a coisa mais sensata que já fiz. Apaixonar-me por uma mulher generosa, bela, sexy, honesta, que me desafia a ser um homem melhor. Eu até refiz meus planos para o resort por sua causa.

Para o horror dele, aqueles lábios voltaram a tremer.

– Como posso resistir a você, assim tão...

– Apaixonado? – Pela primeira vez desde que havia chegado, ele sentiu uma leveza no peito. – Desesperado? Pronto para qualquer coisa?

– Honesto. – Ela balançou a cabeça. – Se você realmente...

– Eu a amo, Lily. Eu comecei a me apaixonar na noite em que você me seduziu a longa distância com aquela voz sexy.

Os olhos dela se arregalaram, mas um sorriso surgiu no canto de sua boca. Um sorriso que era como uma chama em uma noite de inverno.

– Eu me apaixonei por você quando conversamos na sua sacada e você ouviu minhas esperanças e sonhos. Você foi tão atencioso!

Raffa ficou chocado com as palavras dela.

– Apaixonada por mim? – Seria possível, depois do que ele havia feito?

Ela assentiu, e um vermelhão subiu pelo pescoço dela.

– Eu me apaixonei por você há muito tempo. – O sussurro dela quase parou o coração dele.

– Raffaele? Você está bem?

Ele pigarreou.

– Eu honestamente não sei. Nunca me senti assim.

Os lábios de Lily se transformaram no mais belo sorriso que ele já tinha visto.

– Nem eu.

A velha vergonha e uma nova sensação de arrependimento o acometeram.

– Eu não mereço você.

– Que bobagem. Você é a melhor coisa que já me aconteceu. – Uma chama ardeu naquelas profundezas âmbar, desafiando-o a discordar. – Mas tenho uma pergunta. O que quer dizer isso que você me chama, *picc...*?

Raffaele sorriu. Não conseguiu evitar. Mesmo o prospecto de encarar a fúria de sua amada depois que ela descobrir que ele vinha chamando-a de pequeno porco-espinho não o impediria de sorrir.

– Por que não vamos para um lugar reservado, para eu poder lhe explicar?

– Por que não? – Lily colocou a mão sobre a dele, e Raffa soube que era o homem mais sortudo do mundo.

EPÍLOGO

Lily passou as mãos sobre o vestido escarlate de seda preso atrás do pescoço. As sandálias sensuais combinando transformavam seu caminhar em um andar insinuante.

O modelito parecia perfeito na loja do resort, mas agora ela estava com dúvidas. Talvez algo menos óbvio fosse melhor.

– Lily! – Ela virou-se para ver Pete, do escritório de Nova York, acenando uma taça do outro lado da piscina. – Festa ótima.

Ao lado dele, Consuela, resplandecente em um caftan azul e púrpura, conversava com o gerente dos mordomos do resort, que, assim como o resto da equipe, estava de folga naquele fim de semana.

A ilha estava em festa, todos os envolvidos na reforma do resort aproveitando uma comemoração bem merecida antes da reabertura, na semana seguinte.

Os ritmos do calipso enchiam o ar, e as crianças risonhas corriam entre os adultos antes de pularem na piscina. Lily também ria. Raffaele havia construído algo especial ali. Ela estava orgulhosa dele.

Depois que Robert Bradshaw descobriu o que Raffaele pretendia fazer com a ilha, não foi difícil persuadi-lo a aceitar dinheiro pelo resto de sua parte. De acordo com Raffaele, isso significava que depois de acertar as dívidas ele teria o suficiente para se sustentar modestamente por alguns anos.

Tempo suficiente para ele encontrar um emprego honesto; embora Lily não conseguisse imaginá-lo trabalhando.

Agora a ilha era um empreendimento compartilhado. Os funcionários do resort cujas famílias viviam ali há gerações eram os donos principais, e Raffaele um sócio minoritário. Um gesto surpreendentemente generoso que deixou todos felizes – principalmente Raffa, que sentia que precisava expiar o passado.

Lily não ligava para o passado dele, contanto que pudesse ajudá-lo a transformar seu futuro no que ele desejava que fosse.

Ela atravessou a festa em direção ao novo restaurante. Ali estava Raffaele, conversando com o *chef*. Lily esgueirou-se para debaixo do braço dele. Todas as dúvidas sobre o vestido se dissolveram quando ele se virou e a estudou da cabeça aos pés.

– Você está incrível.

Seus lábios foram gentis em contato com os dela. Ao erguer a cabeça novamente, seu sorriso era só para ela.

– Com licença, Henry – disse Raffaele ao *chef*. – Tenho que ir.

– Claro. – Henry sorriu. – Vejo você depois.

Raffaele tentou puxá-la para mais perto, mas ela se afastou, entrelaçando os dedos aos dele.

– Aqui não.

De sobrancelhas erguidas, ele a seguiu pacientemente, passando pela festa até emergirem na trilha atrás da praia particular deles. Entre as árvores, podia-se ver o projeto do que viria a ser o lar ocasional deles. Raffaele havia se oferecido para se realocar na Austrália, mas Lily recusou, feliz em trabalhar aonde quer que o trabalho os levasse.

– O que foi, meu amor? – A voz de Raffa, uma carícia rica como caramelo, a fez derreter-se junto dele.

– Há algo que eu preciso saber.

– Humm? – Ele mordiscou o pescoço dela, enchendo-a de um calor gostoso. Mas mesmo assim os nervos de Lily ainda estavam à flor da pele. Ela havia planejado as palavras com cuidado, mas elas desapareceram de seu cérebro. Ele causava esse efeito nela.

– Quero saber se você quer se casar comigo. – As palavras dispararam antes que ela pudesse impedi-las.

Olhos mais azuis que o céu encontraram os dela. Questionadores, perplexos.

– Você quer me transformar em um homem honesto? – A dose de humor não escondia as dúvidas dele.

– Você já é um homem honesto. – Ele nunca comentava, mas ela sabia que ele ainda tinha vergonha do passado. Lily passou os dedos por aqueles fios de cabelo dourados e puxou a cabeça dele para mais perto. – Você é o único homem para mim, Raffaele. Quero estar sempre com você. – Ela o observou engolir em seco. – A menos que casamento o deixe desconfortável.

– Não! – Ele envolveu a cintura de Lily com o braço, descansando a outra na base do pescoço dela. – Se você realmente acredita que pode dar certo...

– Eu *sei* que vai dar certo.

– Muito bem, então. – Ele deu um beijo tenro em seus lábios. – Você sabe que eu dependo dos seus conselhos nos projetos mais importantes.

– Isso é um sim? – O coração de Lily disparou.

– Você acha que eu a deixaria ir embora da minha vida agora? – Ele balançou a cabeça. – Posso ter muito que aprender sobre relacionamentos e sentimentos, mas não sou louco. Claro que isso é um sim. Quero passar minha vida com você, *piccola istrice*.

– Eu *não* sou seu pequeno porco-espinho. – Ela empurrou o ombro dele zombeteiramente.

– Não? Mas eu adoro acalmá-la... – A mão dele roçou os seios dela, incendiando-a. – ...Até você abaixar a guarda.

Lily suspirou.

– Parece-me um projeto para a vida toda.

O sorriso indolente dele roubou o coração dela mais uma vez. Ele era mais intenso que a luz da alvorada e a aquecia plenamente.

– É esse o plano. E eu nunca esperei tanto por uma coisa em toda a minha vida.

AMOR PROFUNDO

Maggie Cox

– Você já pode ir embora – disse ela, e aquilo soou duro mesmo para os próprios ouvidos.

– Ah, não posso, não – alegou ele, virando-se para observá-la. Houve um lampejo de aço em seus olhos. – Ainda há algumas coisas que precisamos discutir.

– Pensei que havíamos abordado a maior parte dos assuntos.

– Não brinque comigo. Quero uma resposta direta. Fui seu *único* amante na época, Darcy?

A pele dela formigou de indignação.

– Já me acusou uma vez antes de dormir com outros homens porque deu ouvidos à fofoca do escritório. Foi uma mentira desprezível então e ainda é. Acha que eu gostaria de encontrá-lo de novo, a não ser por uma ótima razão? Você me magoou muito, Zafir, e é incrível que eu ainda consiga erguer a cabeça. A única razão pela qual quis manter contato com você foi por causa de Sami.

– Disse que tentou me contatar, mas o *quanto* você tentou?

Mais uma vez, ele esfregou sal em suas feridas, com o descrédito que ecoava em sua voz. Será que a fé e a confiança que ele costumava ter em sua habilidade de fazer bons julgamentos tinha sido tão afetada pelas mentiras de Xavier?

Desconsolada, Darcy balançou a cabeça.

– Só a pessoa que recebeu minhas ligações e lida com seus recados pode lhe dizer isso.

– Está me dizendo que a culpa é de minha secretária particular?

Darcy encolheu-se, porque esse costumava ser *seu* trabalho.

– Posso apenas presumir que sim, ou talvez alguém que obedecesse às ordens dela.

Darcy viu-o engolir em seco.

– Não se engane. Vou fazer minhas próprias investigações a esse respeito.

– Eu não devia ter deixado nosso relacionamento se tornar tão pessoal quando trabalhei para você, não importando o quanto meus sentimentos fossem fortes na época. Mas não posso me arrepender, porque isso me deu meu filho. Ele é a única coisa boa que veio daquele único episódio lamentável. Agora, tudo o que quero é que tenhamos paz e que nossas vidas retornem ao normal.

– Então deixe-me dizer *uma coisa*.

Ele foi até ela como um raio e, com um farfalhar do traje luxuoso que usava sobre jeans preto e botas curtas de couro, ajoelhou-se à sua frente, uma das mãos possessivamente prendendo a dela, descansando no braço da cadeira de rodas.

Seu toque era como uma doce tortura, e Darcy ofegou.

– A primeira coisa que vai acontecer amanhã é que vou fazer um teste de paternidade em Sami. Se ficar provado que sou mesmo seu pai, então rapidamente farei o que é certo para ele.

– O que quer dizer?

– Quero dizer que informarei à minha família que gerei um filho e herdeiro e, por isso, retornarei a Zachariah para apresentá-lo.

– Espere um minuto. Você honestamente acha que vou deixá-lo sair do país com ele? Deixe-me relembrar que ele é *meu* filho também, Zafir. Fui eu quem o criou todos esses anos, não você.

– E de quem é a culpa, *habibi*? – Apertando com mais força a mão dela, puxou-a para si. – Você disse que tentou me contatar... e vou descobrir se isso é verdade. De qualquer forma, não tinha ideia de que teve um filho meu. Se o teste de paternidade provar que ele é sangue do meu sangue, deve entender que algumas coisas vão mudar.

– Está me *ameaçando*? – Chocada com a veemência dele, Darcy ficou gelada. – Há leis neste país que...

Mas não teve a oportunidade de dizer mais nada, porque, subitamente, as mãos dele estavam firmemente agarrando-a pela cintura e puxando-a para si. No instante seguinte, Zafir esmagava seus lábios contra os dela. Era um beijo apaixonado e agressivo, cheio de fúria e intenso desejo.

Lançamentos do mês:

PAIXÃO ARDENTE 17 – AMOR PROFUNDO – MAGGIE COX

Minissérie – *Herdeiros Secretos 5/5*

Após descobrir que tivera um herdeiro, o sheik Zafir el-Kalil fará de tudo para proteger a criança... Até mesmo se casar com a mulher que o traiu. Contudo, ele precisará de muito mais do que apenas palavras doces e toques sedutores para convencer Darcy a ser sua rainha!

PAIXÃO GLAMOUR 17 – UMA NOITE NO DESERTO – KATE HARDY

Focada na carreira, Lily não pretendia misturar negócios com prazer... Até a sedução implacável de Karim estraçalhar sua resistência. Ele só estava interessado em um caso passageiro. Contudo, não demora para desejar tê-la para sempre em sua cama.

PAIXÃO AUDÁCIA 17 – COMO PROVOCAR UM SHEIK – OLIVIA GATES

Minissérie – *O orgulho de Zohayd 2/3*

Mesmo com todos os motivos para não confiar no príncipe Harres, Talia não consegue resistir aos seus encantos. Ela sabe que se apaixonar pelo sheik seria o maior erro de sua vida... mas teme que seja tarde demais.

Próximos lançamentos:

PAIXÃO 486 – FALSAS APOSTAS – MAYA BLAKE

Arabella Daniel preferia pular de paraquedas sem roupas do que aceitar a proposta ultrajante de Draco Angelis. Porém, para salvar a pele de seu pai, ela terá de se submeter a todas as vontades desse poderoso magnata.

PAIXÃO ARDENTE 18 – AMOR POR CONVENIÊNCIA – ABBY GREEN

Minissérie – *Casamentos Milionários 1/4*

A reputação de Ben Carter foi arruinada pela imprensa. E só há uma maneira de virar esse jogo: casando-se com Julianna Ford, filha de seu inimigo.

PAIXÃO GLAMOUR 18 – ALIANÇA DO DESEJO – CAROL MARINELLI

O bilionário italiano Lazzaro Ranaldi detesta ser enganado. Ele acredita que a bela Caitlyn não é tão inocente quanto finge ser. E está disposto a tudo para descobrir a verdade, até mesmo transformá-la em sua esposa.

PAIXÃO AUDÁCIA 18 – COMO TOCAR UM SHEIK – OLIVIA GATES

Minissérie – O orgulho de Zohayd 3/3

O teimoso príncipe Amjad e a obstinada princesa Maram deveriam ser inimigos. Porém, nenhum dos dois estava pronto para o desejo que surge quando ficam ilhados por uma tempestade de areia... nem para as consequências desse encontro.

PAIXÃO ESPECIAL 6 – OS LENDÁRIOS IRMÃOS CONTI – TARA PAMMI

O santo e a sedutora

Depois de quase perder a vida, Alexis Sharpe criou coragem para contar a Leandro Conti sobre a filha que tiveram. Porém, não esperava que Leandro fosse exigir que ela se tornasse sua esposa.

O diabólico e a inocente

Sophia Rossi sabe que a única forma de salvar o império de seu pai é pedindo ajuda para Lucas Conti. No passado, ele partiu o seu coração, mas ela jura que agora será diferente... Mesmo que apenas um olhar dele faça seu corpo tremer de prazer.